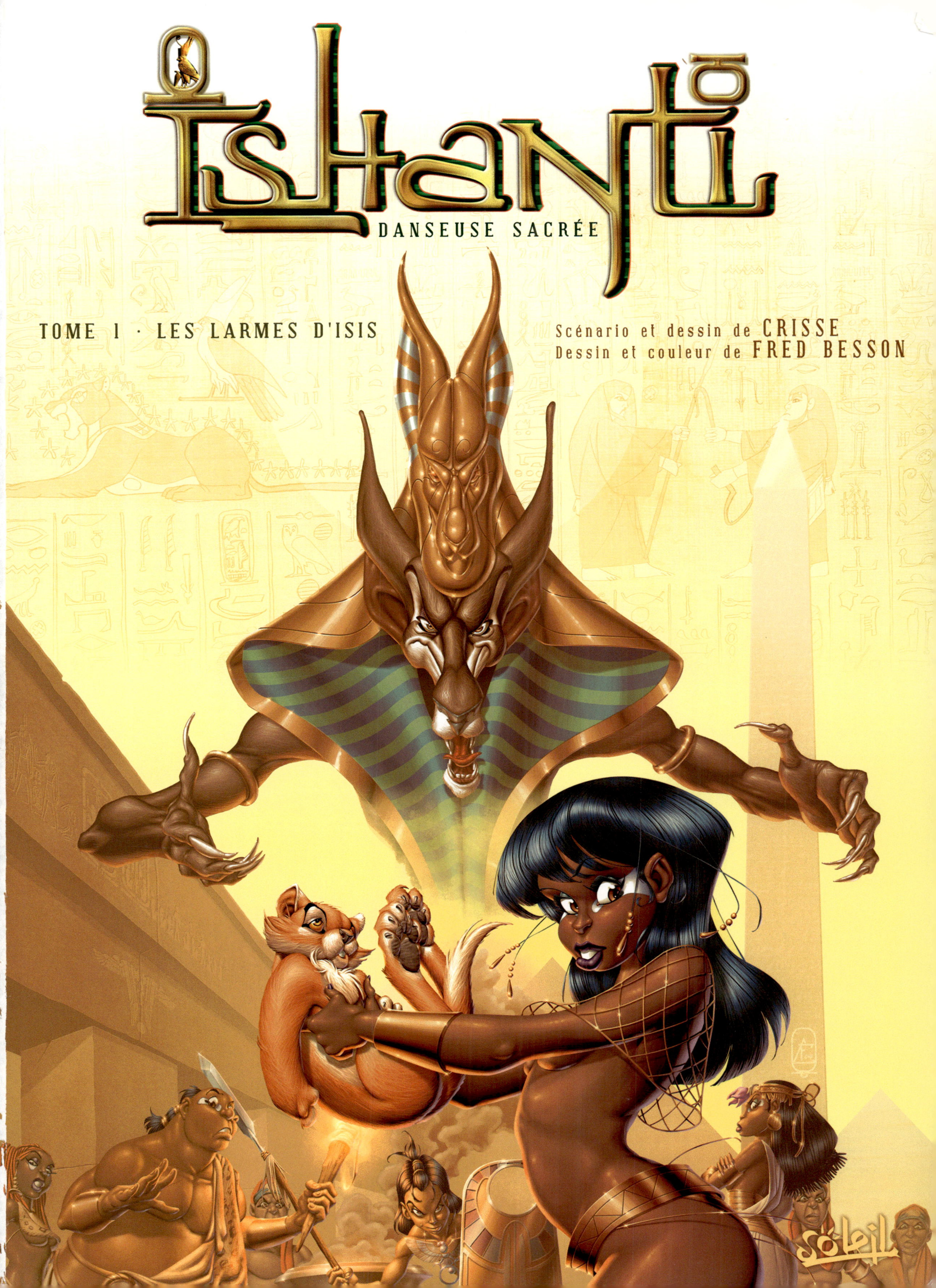
ISHANTI
DANSEUSE SACRÉE
TOME 1 · LES LARMES D'ISIS
Scénario et dessin de CRISSE
Dessin et couleur de FRED BESSON
soleil

À Anyk

Du même auteur

De Crisse

Chez Soleil

Les Ailes du Phaéton
Dessin de Fino
Tome 4 : Le Chasseur de typhons
Tome 5 : Le Pays des mille lacs
Tome 6 : L'Aube rouge du Médianos

Atalante, la légende
Tome 1 : Le Pacte
Tome 2 : Nautiliaa
Tome 3 : Les Mystères de Samothrace

L'Épée de Cristal
Second cycle
Scénario de Goupil & Kainzow
Codessin de Boube
Tome 6 : La Cité des vents

Fantaisie Érotique
Recueil d'illustrations

Kookaburra
Tome 1 : Planète Dakoï
Tome 2 : Secteur WBH3
Tome 3 : Projet Équinoxe
Dessin de Mitric
Tome 4 : Système Ragnarok

Kookaburra Universe
Dessin de Mitric
Tome 1 : Le Secret du Sniper

Luuna
Dessin de Keramidas
Tome 1 : La Nuit des totems
Tome 2 : Le Crépuscule du lynx
Tome 3 : Dans les traces d'Oh-Mah-Ah

Perdita Queen
Tome 1 : Griffin Dark

Petit d'Homme
Dessin de N'Guessan
Tome 1 : L'Éveil
Tome 2 : Secret
Dessin de Michel
Tome 3 : Chaos

Private Ghost
Dessin de Carrère
Tome 1 : Red Label Voodoo
Tome 2 : White Bloody Mary
Tome 3 : Hot Caribbean Rainbow

Utopia
Art Book

Soleil Productions
247, avenue de la République
83000 Toulon - France

Bureaux parisiens
25, rue Titon - 75011 Paris - France

Conception et réalisation graphique : Didier Gonord
Lettrage : Christophe Semal
Dépôt légal : Septembre 2005 - ISBN : 2 - 84565 - 901 - 6
Première édition

Impression : Lesaffre - Tournai - Belgique

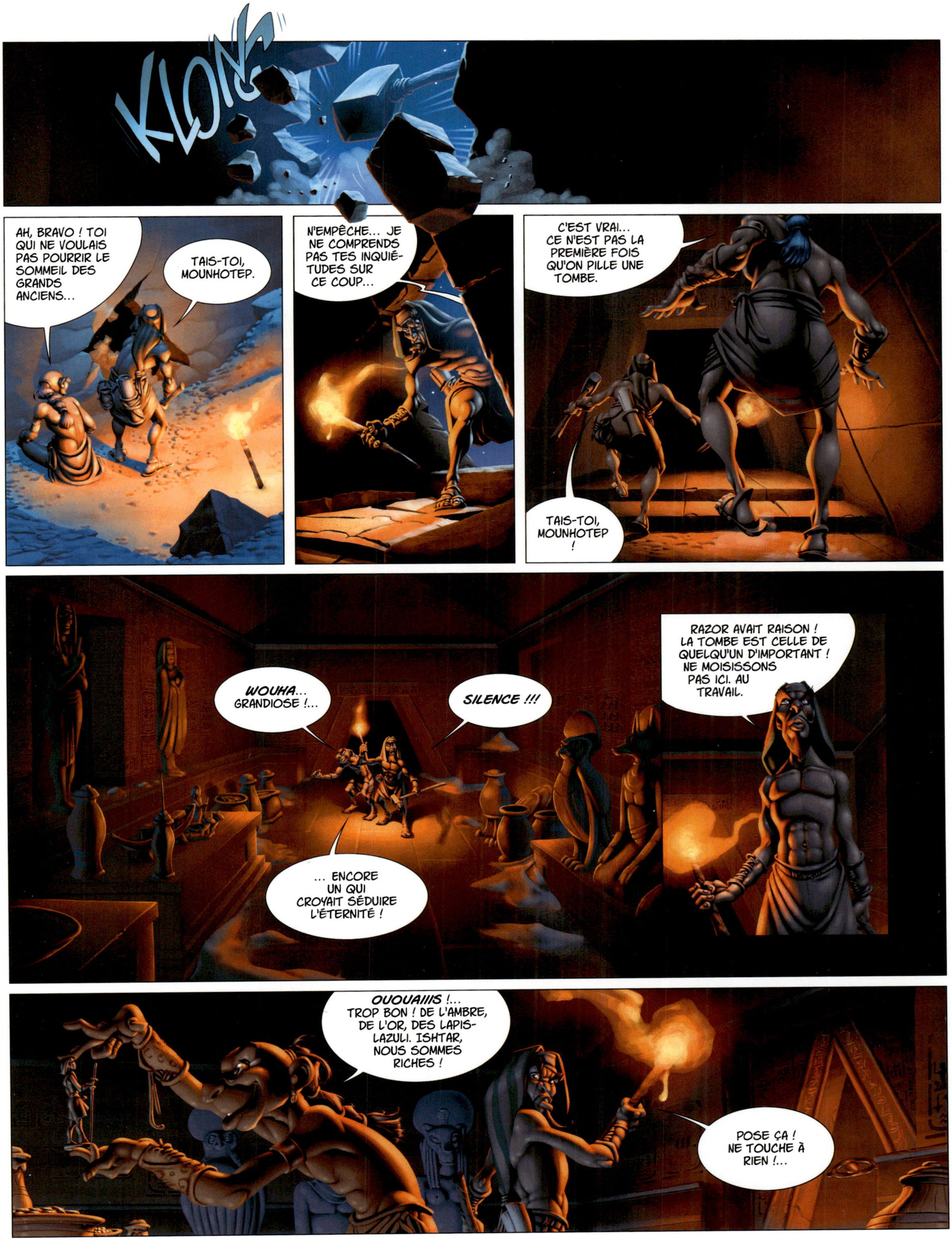
KLONK
AH, BRAVO ! TOI QUI NE VOULAIS PAS POURRIR LE SOMMEIL DES GRANDS ANCIENS...
TAIS-TOI, MOUNHOTEP.
N'EMPÊCHE... JE NE COMPRENDS PAS TES INQUIÉTUDES SUR CE COUP...
C'EST VRAI... CE N'EST PAS LA PREMIÈRE FOIS QU'ON PILLE UNE TOMBE.
TAIS-TOI, MOUNHOTEP !
WOUHA... GRANDIOSE !...
SILENCE !!!
... ENCORE UN QUI CROYAIT SÉDUIRE L'ÉTERNITÉ !
RAZOR AVAIT RAISON ! LA TOMBE EST CELLE DE QUELQU'UN D'IMPORTANT ! NE MOISISSONS PAS ICI. AU TRAVAIL.
OUOUAIIIS !... TROP BON ! DE L'AMBRE, DE L'OR, DES LAPIS-LAZULI. ISHTAR, NOUS SOMMES RICHES !
POSE ÇA ! NE TOUCHE À RIEN !...

2

*RÊ = RÂ *KA = ESPRIT-ÂME

3

*SHOU = DIEU DE L'AIR ET DE LA LUMIÈRE

EN ÉGYPTE, LES CHATS ONT NEUF VIES !...
C'EST PROPREMENT SCANDALEUX, PAR RAPPORT À CES MALHEUREUX CHATS PERSANS QUI, EUX, N'EN ONT QUE SEPT. MAIS JE NE VAIS PAS M'EN PLAINDRE.
?...
JE RETIRE CE QUE J'AI DIT !...
PFRRT
S'IL FAUT VIVRE NEUF VIES AVEC CES PRÉTENTIEUX D'ABYSSINIE, IL VAUT PEUT-ÊTRE MIEUX ÊTRE TAPI DANS UNE EXISTENCE DE PERSAN...
RRRH...
OUPS ?!?
SHAÉRIDA !
WRRR
TU DEVIENS DE PLUS EN PLUS AGRESSIVE. SI TU CONTINUES, ON VA DEVOIR T'ATTACHER. ET TU NE VAS PAS AIMER !
LÀÀÀÀÀ... DOUCEMENT ...
RWAOUU
RW
ALLEZ, OUSTE !...
SAUVE-TOI !
QUANT À TOI...
RWW
...VILAIN GROS MATOU...
... TU N'AS RIEN À FAIRE DANS LE GYNÉCÉE, COQUIN !
ELLE M'AIME.
4

*HÂPI = NOM SACRÉ DU NIL

KRCHTK
Q... QUI ME PARLE ?
PETIT BABOUIN, C... C'EST TOI ?
BIEN SÛR QUE C'EST MOI, PETITE SOTTE, ET NE M'APPELLE PLUS "PETIT BABOUIN" !
JE SUIS TYI, LE GRAND SCULPTEUR DE TEMPLE !
TU N'ES SURTOUT QU'APPRENTI.
... ET NE RESTE PAS LÀ !... SI QUELQU'UN TE VOYAIT...
D'ACCORD, JE NE RESTE PAS "LÀ" ! J'ARRIVE !...
NON ! TU ES FOU ! SI LES GARDES T'ATTRAPENT, TU... TU VAS PERDRE TON NOM !
LEQUEL ?...
...TYI OU "PETIT BABOUIN" ?
ÉPOUSE-MOI, DOUCE GAZELLE DU DÉSERT.
TU SAIS BIEN QUE C'EST IMPOSSIBLE. JE VAIS DEVENIR DANSEUSE SACRÉE. J'APPARTIENS AU TEMPLE D'ISIS ET JE FINIRAI...
... DANS LE HAREM DE PHARAON !
OU PIRE !... DANS CELUI D'UN GRAND PRÊTRE SEM, VIEUX ET VENTRIPOTENT !...
CE N'EST PAS GENTIL DE DIRE ÇA.
C'EST POURTANT VRAI. TON CORPS EST SOUPLE COMME UNE LIANE ET TU NE VIS QUE...
... POUR LA DANSE. MAIS, CROIS-TU QUE...
ISHANTI !... ISHANTI...

6

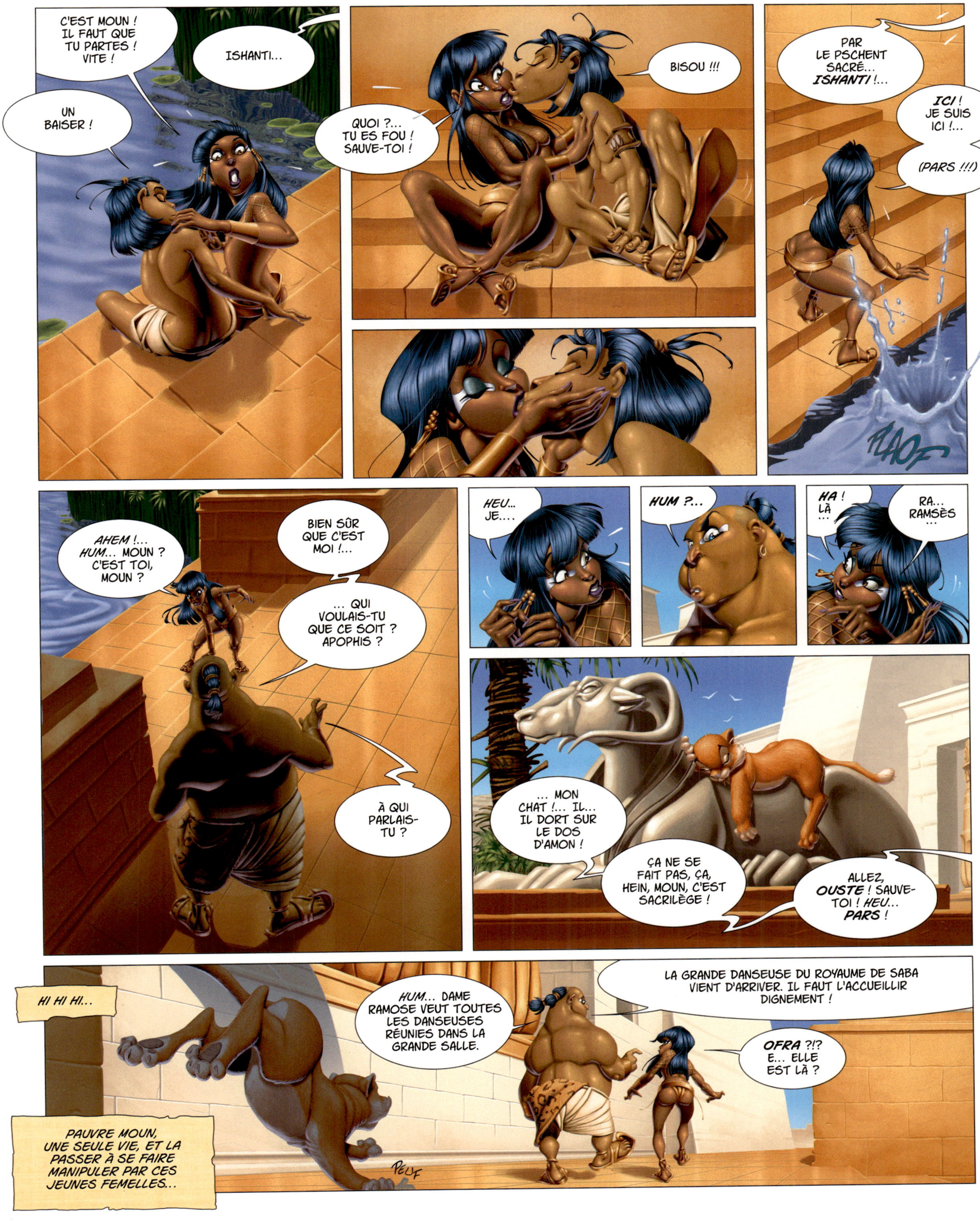
C'EST MOUN ! IL FAUT QUE TU PARTES ! VITE !
ISHANTI...
UN BAISER !
BISOU !!!
QUOI ?... TU ES FOU ! SAUVE-TOI !
PAR LE PSCHENT SACRÉ... ISHANTI !...
ICI ! JE SUIS ICI !...
(PARS !!!)
PLAOF
AHEM !... HUM... MOUN ? C'EST TOI, MOUN ?
BIEN SÛR QUE C'EST MOI !...
... QUI VOULAIS-TU QUE CE SOIT ? APOPHIS ?
À QUI PARLAIS-TU ?
HEU... JE....
HUM ?...
HA ! LÀ ...
RA... RAMSÈS ...
... MON CHAT !... IL... IL DORT SUR LE DOS D'AMON !
ÇA NE SE FAIT PAS, ÇA, HEIN, MOUN, C'EST SACRILÈGE !
ALLEZ, OUSTE ! SAUVE-TOI ! HEU... PARS !
HI HI HI...
PAUVRE MOUN, UNE SEULE VIE, ET LA PASSER À SE FAIRE MANIPULER PAR CES JEUNES FEMELLES...
HUM... DAME RAMOSE VEUT TOUTES LES DANSEUSES RÉUNIES DANS LA GRANDE SALLE.
LA GRANDE DANSEUSE DU ROYAUME DE SABA VIENT D'ARRIVER. IL FAUT L'ACCUEILLIR DIGNEMENT !
OFRA ?!? E... ELLE EST LÀ ?

7

ELLE, ET TOUTE SON ESCORTE. ILS ONT FAIT UN LONG VOYAGE POUR CÉLÉBRER LES FÊTES DU JUBILÉ.
LORS DE SON DERNIER PASSAGE AU ROYAUME DE SABA, PHARAON AVAIT ÉTÉ SUBJUGUÉ PAR SES DANSES.
C'EST LA RAISON DE SA PRÉSENCE ICI. ELLE VA VOUS APPRENDRE LES PAS QUI AVAIENT TANT PLU À NOTRE SOUVERAIN BIEN-AIMÉ. QUE RÊ LE PROTÈGE.
BWM
BWM, TOI-MÊME. IL FAUT QUE JE PARLE DE CES BÊTES AU CHEF DES ARMÉES...
... ELLES PEUVENT NOUS RENDRE DE GRANDS SERVICES CONTRE NOS ENNEMIS ASIATIQUES.
LE PROTOCOLE ! JE VOUS DEMANDE DE RESPECTER LE PROTOCOLE !
DOUCEMENT... TU ES UNE COQUINE, TOI.
HI HI HI...
SORTEZ-MOI TOUTE CETTE MÉNAGERIE DES MURS DU TEMPLE !
NOUS SOMMES EN ÉGYPTE ! PAS DANS UN DE VOS VILLAGES ROCAILLEUX DE SABA !...
RAZOR EL NAKTOUB !...
COMMENT PHARAON A-T-IL PU NOMMER CET IMMONDE PERSONNAGE GRAND VIZIR ?
OUPS...
PARDON.
IL N'A DE CESSE D'HUMILIER LES PLUS FAIBLES. EN PLUS, IL EST DES RUMEURS QUI PRÉTENDENT QUE LA NUIT, IL SACCAGE LES TOMBES DES GRANDS ANCIENS POUR Y VOLER DES SECRETS.
MOUN, OFRA... TU L'AS DÉJÀ VUE ?
OUI, ELLE SE PRÉPARE !...
... LES FÊTES DU JUBILÉ SERONT FASTUEUSES.
ELLE EST BELLE ?
OUI, TRÈS !
8

VOIS, TU ES LA DERNIÈRE. TES AMIES APPRENTIES DANSEUSES SONT DÉJÀ DANS LA SALLE.
TOUTES NE SONT PAS MES AMIES !
TIENS, REVOILÀ DAME SOUILLON ESCORTÉE PAR SA PAILLASSE VÉROLÉE ET SA PYRAMIDE VENTRIPOTENTE !...
HI HI HI...
TU VOIS CE QUE JE VEUX DIRE ?...
NE PRÊTE PAS ATTENTION AU VENIN DE CES ASPICS DE BONNE FAMILLE MAIS SANS ÉDUCATION.
ELLES SONT JALOUSES DE TES TALENTS !
... VA LES REJOINDRE, PETITE, ET MONTRE-LEUR QUI TU ES !
QUELLE CHALEUR.
MWAOW... UNE PETITE SIESTE ME FERAIT LE PLUS GRAND BIEN.
AWOW
RW
TAC
?
PLAK
PLAK
MESDEMOISELLES, UN PEU DE TENUE ! LA GRANDE OFRA VA...
RW
RWAOWw
FTT...
FTTT
RAMSÈS ! *ARRÊTE* ! MAIS QU'EST-CE QUI T'ARRIVE ?...
RWFTTT
CHUUUT...

CHHHT...
MESDEMOISELLES...
... LA GRANDE OFRA NEKTOU VA DANSER !
PWOF
SNAP SNAP
TAB TAB
AHSSS.
SHSSS SHSSS
TA-BOUM BOM

TAK-TA BLOM-BOM-BOM BOM BOM
BOM
HIYOUOULOUUUUU
HILOUF
CLAP
HIYOULOULOUUU
CLAP
CLAP

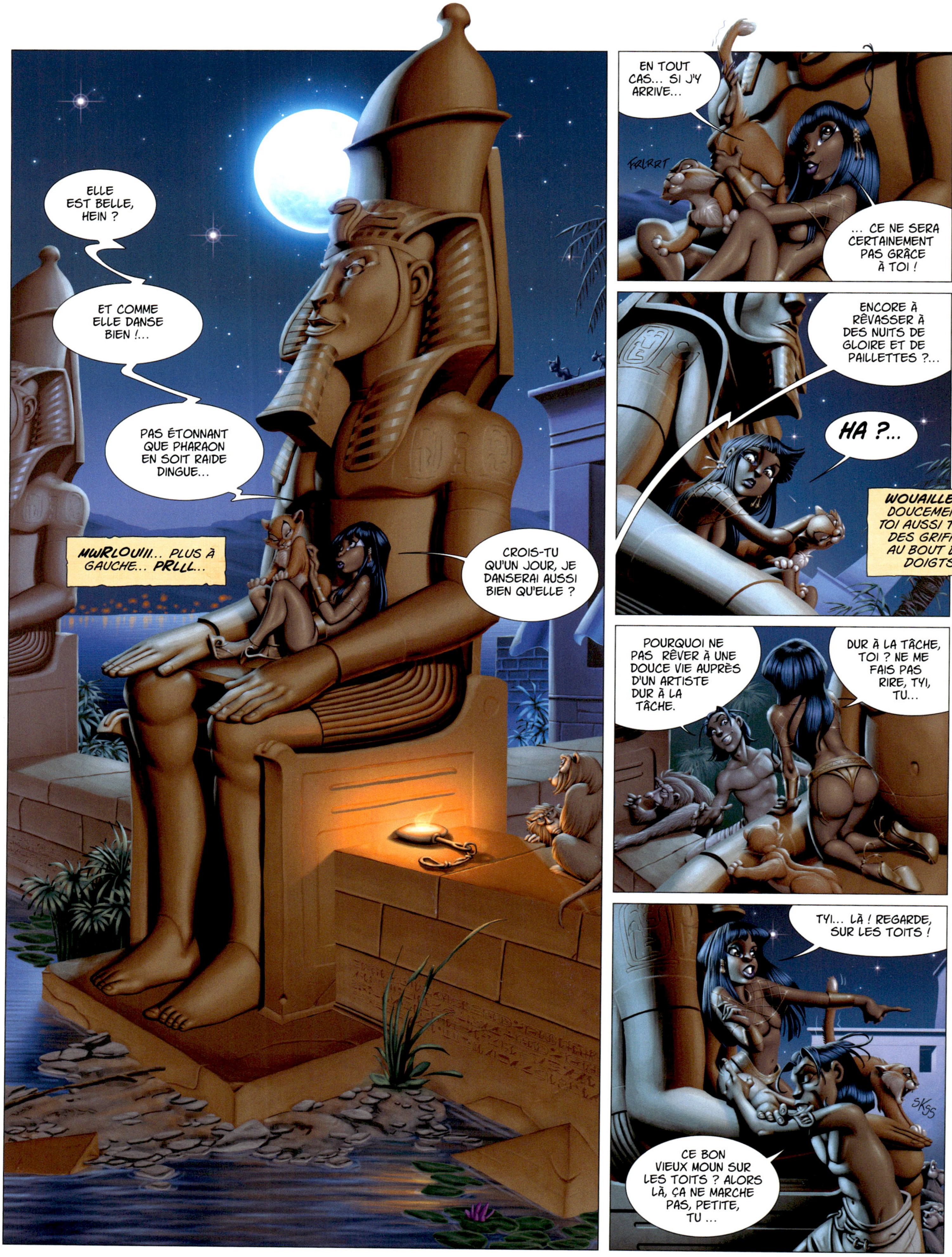
ELLE EST BELLE, HEIN ?
ET COMME ELLE DANSE BIEN !...
PAS ÉTONNANT QUE PHARAON EN SOIT RAIDE DINGUE...
MWRLOUIII... PLUS À GAUCHE... PRLLL...
CROIS-TU QU'UN JOUR, JE DANSERAI AUSSI BIEN QU'ELLE ?
EN TOUT CAS... SI J'Y ARRIVE...
FRLRRT
... CE NE SERA CERTAINEMENT PAS GRÂCE À TOI !
ENCORE À RÊVASSER À DES NUITS DE GLOIRE ET DE PAILLETTES ?...
HA ?...
WOUAILLE !... DOUCEMENT ! TOI AUSSI TU AS DES GRIFFES AU BOUT DES DOIGTS.
POURQUOI NE PAS RÊVER À UNE DOUCE VIE AUPRÈS D'UN ARTISTE DUR À LA TÂCHE.
DUR À LA TÂCHE, TOI ? NE ME FAIS PAS RIRE, TYI, TU...
TYI... LÀ ! REGARDE, SUR LES TOITS !
CE BON VIEUX MOUN SUR LES TOITS ? ALORS LÀ, ÇA NE MARCHE PAS, PETITE, TU ...
SK95

12

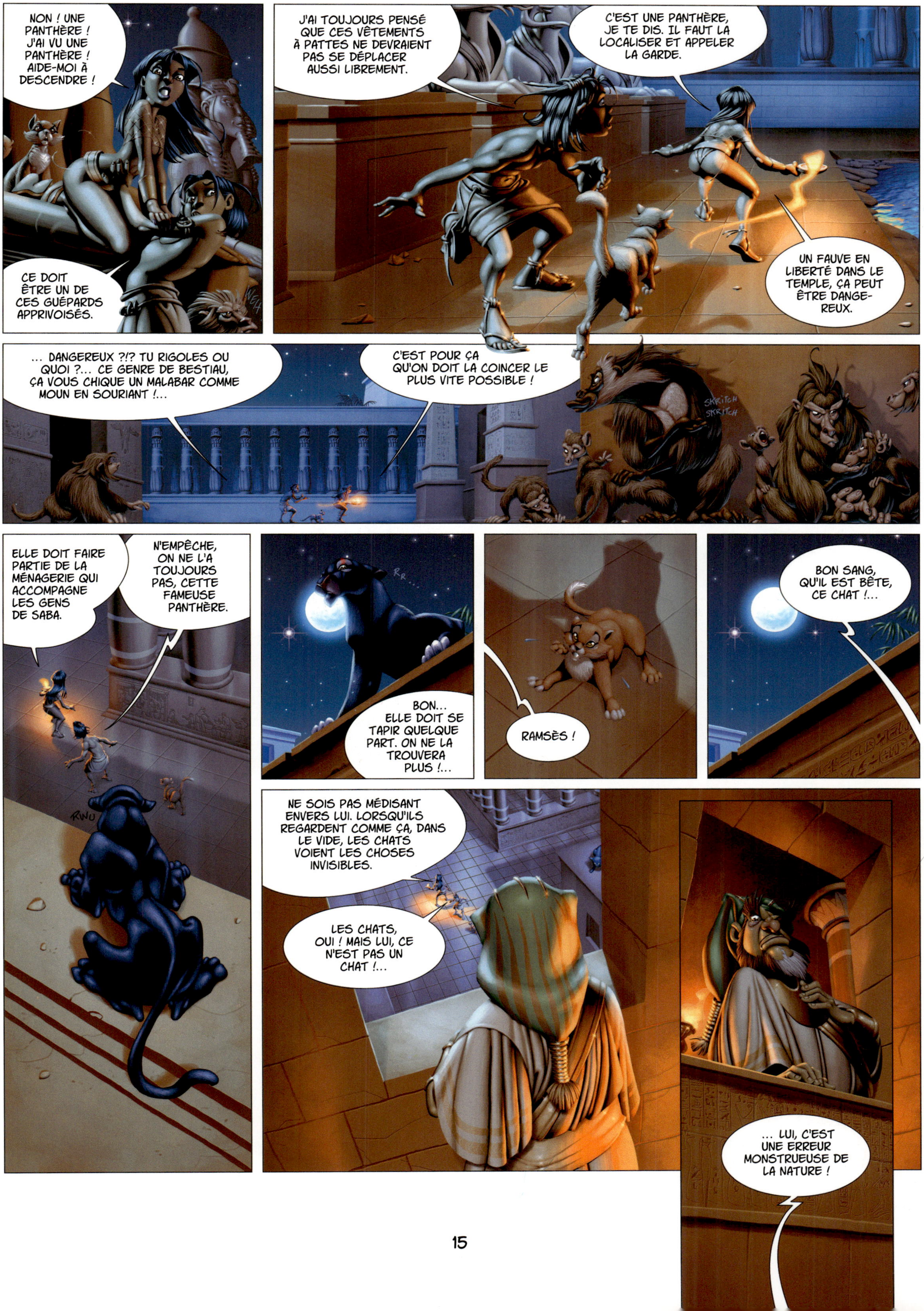
NON ! UNE PANTHÈRE ! J'AI VU UNE PANTHÈRE ! AIDE-MOI À DESCENDRE !
CE DOIT ÊTRE UN DE CES GUÉPARDS APPRIVOISÉS.
J'AI TOUJOURS PENSÉ QUE CES VÊTEMENTS À PATTES NE DEVRAIENT PAS SE DÉPLACER AUSSI LIBREMENT.
C'EST UNE PANTHÈRE, JE TE DIS. IL FAUT LA LOCALISER ET APPELER LA GARDE.
UN FAUVE EN LIBERTÉ DANS LE TEMPLE, ÇA PEUT ÊTRE DANGE-REUX.
... DANGEREUX ?!? TU RIGOLES OU QUOI ?... CE GENRE DE BESTIAU, ÇA VOUS CHIQUE UN MALABAR COMME MOUN EN SOURIANT !...
C'EST POUR ÇA QU'ON DOIT LA COINCER LE PLUS VITE POSSIBLE !
SKRITCH SKRITCH
ELLE DOIT FAIRE PARTIE DE LA MÉNAGERIE QUI ACCOMPAGNE LES GENS DE SABA.
N'EMPÊCHE, ON NE L'A TOUJOURS PAS, CETTE FAMEUSE PANTHÈRE.
RRU
RR...
BON... ELLE DOIT SE TAPIR QUELQUE PART. ON NE LA TROUVERA PLUS !...
RAMSÈS !
BON SANG, QU'IL EST BÊTE, CE CHAT !...
NE SOIS PAS MÉDISANT ENVERS LUI. LORSQU'ILS REGARDENT COMME ÇA, DANS LE VIDE, LES CHATS VOIENT LES CHOSES INVISIBLES.
LES CHATS, OUI ! MAIS LUI, CE N'EST PAS UN CHAT !...
... LUI, C'EST UNE ERREUR MONSTRUEUSE DE LA NATURE !

13

*BEDOUH = ENFER

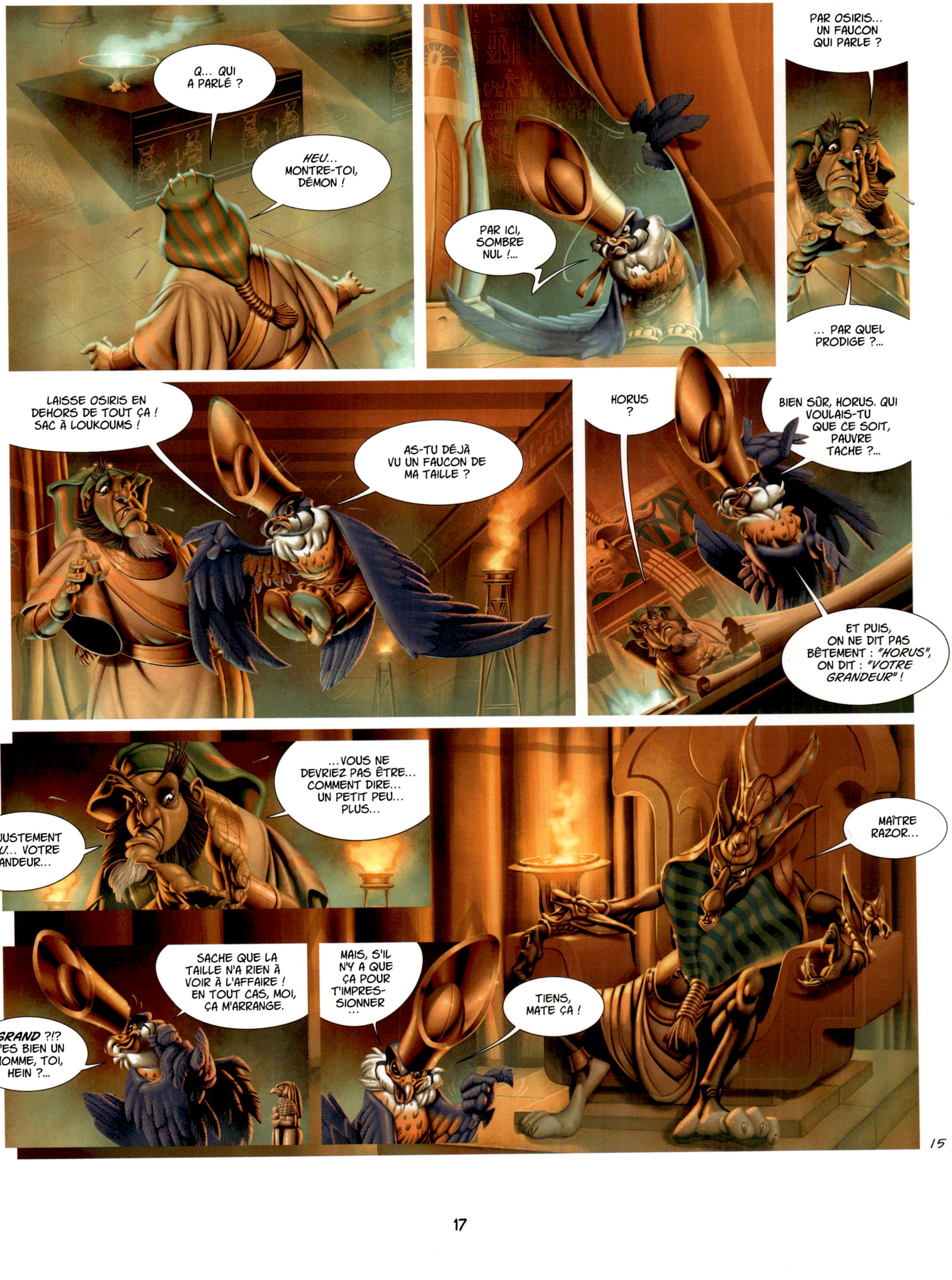
Q... QUI A PARLÉ ?
HEU... MONTRE-TOI, DÉMON !
PAR ICI, SOMBRE NUL !...
PAR OSIRIS... UN FAUCON QUI PARLE ?
... PAR QUEL PRODIGE ?...
LAISSE OSIRIS EN DEHORS DE TOUT ÇA ! SAC À LOUKOUMS !
AS-TU DÉJÀ VU UN FAUCON DE MA TAILLE ?
HORUS ?
BIEN SÛR, HORUS. QUI VOULAIS-TU QUE CE SOIT, PAUVRE TACHE ?...
ET PUIS, ON NE DIT PAS BÊTEMENT : *"HORUS"*, ON DIT : *"VOTRE GRANDEUR"* !
JUSTEMENT *HEU*... VOTRE GRANDEUR...
...VOUS NE DEVRIEZ PAS ÊTRE... COMMENT DIRE... UN PETIT PEU... PLUS...
GRAND ?!? T'ES BIEN UN HOMME, TOI, HEIN ?...
SACHE QUE LA TAILLE N'A RIEN À VOIR À L'AFFAIRE ! EN TOUT CAS, MOI, ÇA M'ARRANGE.
MAIS, S'IL N'Y A QUE ÇA POUR T'IMPRESSIONNER ...
TIENS, MATE ÇA !
MAÎTRE RAZOR...
15

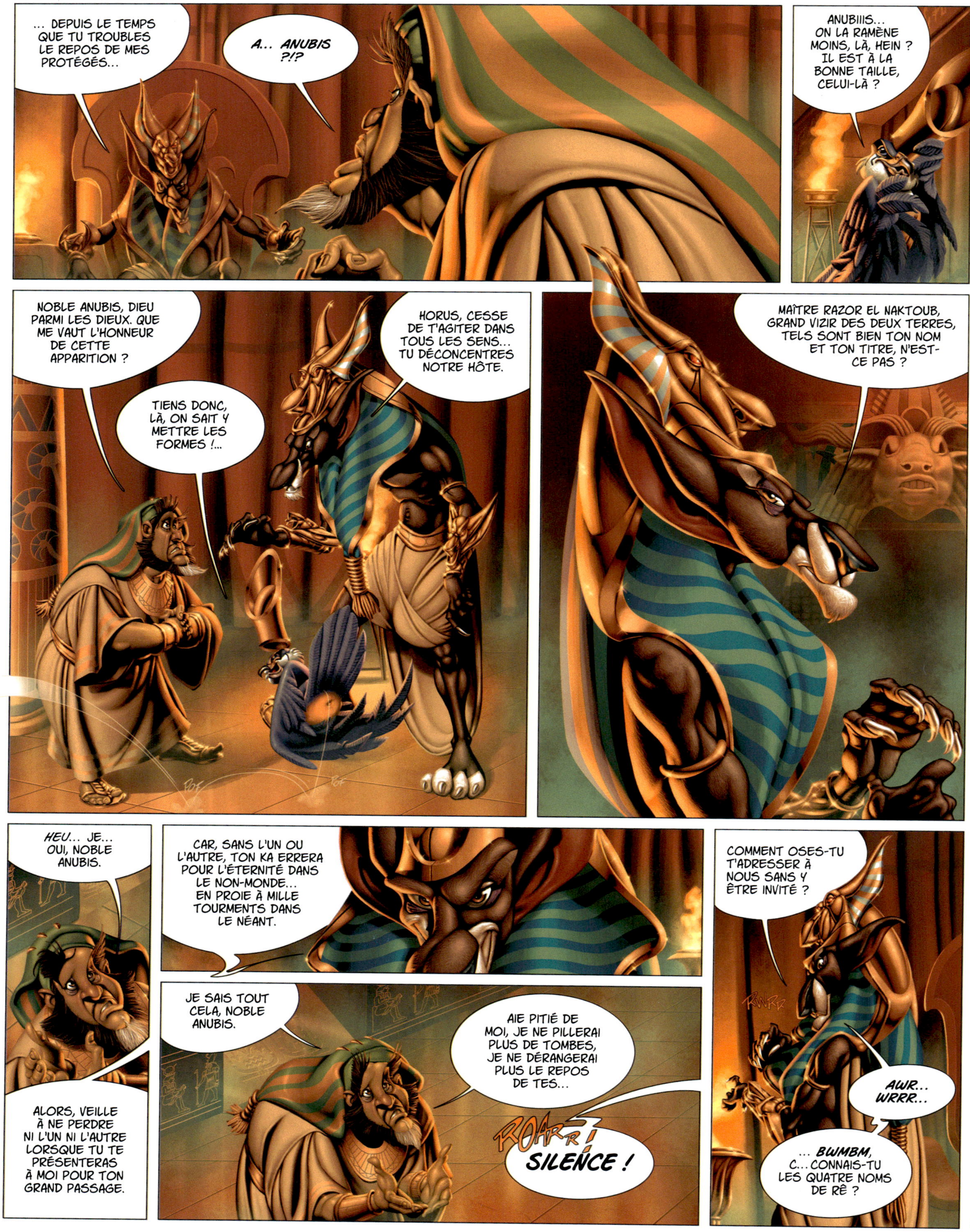

... DEPUIS LE TEMPS QUE TU TROUBLES LE REPOS DE MES PROTÉGÉS...
A... ANUBIS ?!?
ANUBIIIS... ON LA RAMÈNE MOINS, LÀ, HEIN ? IL EST À LA BONNE TAILLE, CELUI-LÀ ?
NOBLE ANUBIS, DIEU PARMI LES DIEUX. QUE ME VAUT L'HONNEUR DE CETTE APPARITION ?
HORUS, CESSE DE T'AGITER DANS TOUS LES SENS... TU DÉCONCENTRES NOTRE HÔTE.
TIENS DONC, LÀ, ON SAIT Y METTRE LES FORMES !...
MAÎTRE RAZOR EL NAKTOUB, GRAND VIZIR DES DEUX TERRES, TELS SONT BIEN TON NOM ET TON TITRE, N'EST-CE PAS ?
HEU... JE... OUI, NOBLE ANUBIS.
CAR, SANS L'UN OU L'AUTRE, TON KA ERRERA POUR L'ÉTERNITÉ DANS LE NON-MONDE... EN PROIE À MILLE TOURMENTS DANS LE NÉANT.
ALORS, VEILLE À NE PERDRE NI L'UN NI L'AUTRE LORSQUE TU TE PRÉSENTERAS À MOI POUR TON GRAND PASSAGE.
JE SAIS TOUT CELA, NOBLE ANUBIS.
AIE PITIÉ DE MOI, JE NE PILLERAI PLUS DE TOMBES, JE NE DÉRANGERAI PLUS LE REPOS DE TES...
ROARRR !
SILENCE !
COMMENT OSES-TU T'ADRESSER À NOUS SANS Y ÊTRE INVITÉ ?
AWR... WRRR...
... BWMBM, C... CONNAIS-TU LES QUATRE NOMS DE RÊ ?

16

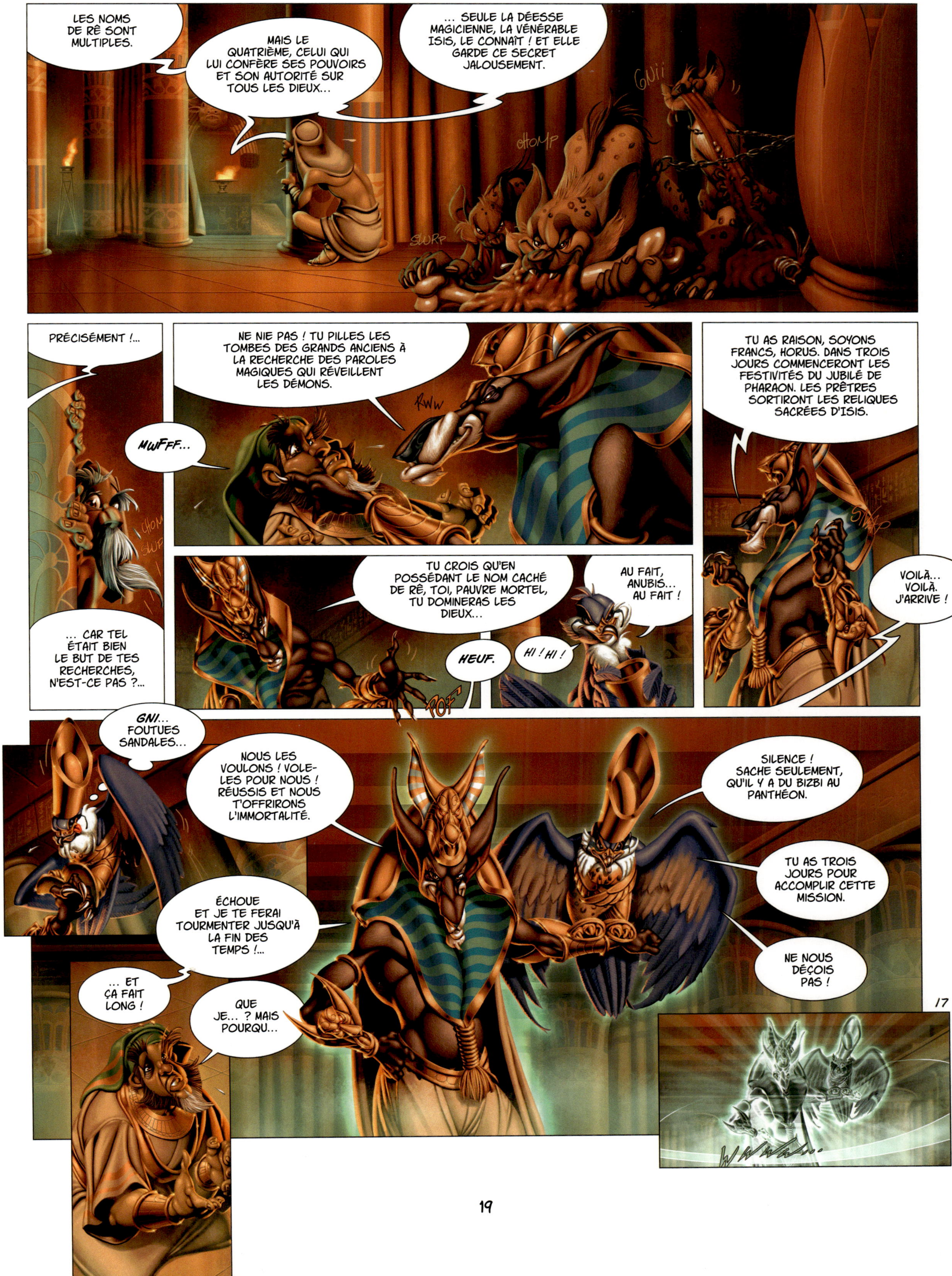
LES NOMS DE RÊ SONT MULTIPLES.
MAIS LE QUATRIÈME, CELUI QUI LUI CONFÈRE SES POUVOIRS ET SON AUTORITÉ SUR TOUS LES DIEUX...
... SEULE LA DÉESSE MAGICIENNE, LA VÉNÉRABLE ISIS, LE CONNAÎT ! ET ELLE GARDE CE SECRET JALOUSEMENT.
GNII
CHOMP
SLURP
PRÉCISÉMENT !...
MWFFF...
... CAR TEL ÉTAIT BIEN LE BUT DE TES RECHERCHES, N'EST-CE PAS ?...
NE NIE PAS ! TU PILLES LES TOMBES DES GRANDS ANCIENS À LA RECHERCHE DES PAROLES MAGIQUES QUI RÉVEILLENT LES DÉMONS.
RWW
TU AS RAISON, SOYONS FRANCS, HORUS. DANS TROIS JOURS COMMENCERONT LES FESTIVITÉS DU JUBILÉ DE PHARAON. LES PRÊTRES SORTIRONT LES RELIQUES SACRÉES D'ISIS.
TU CROIS QU'EN POSSÉDANT LE NOM CACHÉ DE RÊ, TOI, PAUVRE MORTEL, TU DOMINERAS LES DIEUX...
HEUF.
POF
AU FAIT, ANUBIS... AU FAIT !
HI ! HI !
VOILÀ... VOILÀ. J'ARRIVE !
GNI... FOUTUES SANDALES...
NOUS LES VOULONS ! VOLE-LES POUR NOUS ! RÉUSSIS ET NOUS T'OFFRIRONS L'IMMORTALITÉ.
SILENCE ! SACHE SEULEMENT, QU'IL Y A DU BIZBI AU PANTHÉON.
TU AS TROIS JOURS POUR ACCOMPLIR CETTE MISSION.
ÉCHOUE ET JE TE FERAI TOURMENTER JUSQU'À LA FIN DES TEMPS !...
NE NOUS DÉÇOIS PAS !
... ET ÇA FAIT LONG !
QUE JE... ? MAIS POURQU...
17

18

*APOPHIS = SERPENT MONSTRUEUX QUE RÊ DOIT COMBATTRE CHAQUE NUIT POUR QUE LE JOUR SE LÈVE.

... ET TROP DE TECHNIQUE, TUE L'ART. ET L'ART DE LA DANSE, C'EST LA VIE !
RW...
IL FAUT S'INSPIRER DE LA VIE.
CAPTER LA GRÂCE DU VIVANT.
IL FAUT OBSERVER L'ÉLÉGANCE DE CE QUI NOUS ENTOURE.
LES ANIMAUX, PAR EXEMPLE. TOUS SE DÉPLACENT AVEC UNE DISTINCTION QUI LEUR EST PROPRE.
TOI, QUI ME SEMBLES LA PLUS DOUÉE, C'EST BIEN CE QUE TU AS FAIT, N'EST-CE PAS ?
UF... UFF...
HEU... JE.... OUI !...
À QUEL ANIMAL AS-TU PENSÉ ?
U... UNE PANTHÈRE !...
...NOIRE !
HUM... NOUS REPRENDRONS LES COURS AUX PREMIÈRES FRAÎCHEURS. REPOSEZ-VOUS ET MANGEZ LÉGÈREMENT. PENSEZ À BOIRE, AUSSI.
AHEM...
DAME OFRA, PERMETTEZ-MOI D'EXPRIMER MA DÉSAPPROBATION ET D'ÉMETTRE QUELQUES CRITIQUES.
ISHANTI EST CERTES FORT TALENTUEUSE, MAIS, LA METTRE AINSI EN EXERGUE DEVANT SES CONDISCIPLES NUIRA À L'ESPRIT DE...
FAUX !
CETTE PETITE EST VRAIMENT LA MEILLEURE DE TES DANSEUSES ! ELLE A LA SENSIBILITÉ FLUIDE ET L'INTELLIGENCE QUI VA AVEC !...
ET LA PRESSION QUE LES AUTRES VONT LUI METTRE PAR JALOUSIE VA LA POUSSER À DEVENIR L'ÉTOILE QUI MANQUE ENCORE À TON ACADÉMIE.
19

HOU... HOU... DAMOISELLE SOUILLON SE PREND POUR UNE PANTHÈRE QUAND ELLE DANSE...
LÂCHE-MOI , TU VEUX ? JE NE SUIS POUR RIEN DANS LE FAIT QUE DAME OFRA ME TROUVE DES QUALITÉS.
NE ME PROVOQUE PAS, PETITE BÂTARDE. TU NE SAIS PAS À QUI TU T'ADRESSES ! JE SUIS SHATRA, FILLE DE NÉFEREPET, L'EMBAUMEUR DU PALAIS !
C'EST DONC ÇA LES ODEURS DE CHAROGNE QUI EMPESTENT LORSQUE TU DANSES.
ET CE NE SONT PAS LES QUELQUES FLEURS DE LOTUS QUE VOUS PORTEZ STUPIDEMENT SUR VOS FRONTS QUI PEUVENT COMBATTRE DE TELS EFFLUVES !...
PFFFT, JE NE M'ABAISSERAI PAS À RÉPONDRE À UNE FILLE DE PAYSAN. VENEZ, MES SŒURS, HÂPI EST EN CRUE. ISHANTI DOIT S'INQUIÉTER POUR SA FAMILLE...
ALORS LÀ... BRAVO ! SUPER, LA DOUCE CAMARADERIE ENTRE DANSEUSES SACRÉES, FRANCHEMENT...
JE PRÉFÈRE LES RUSTRERIES DE MES COMPAGNONS DE CHANTIERS, ÇA RIGOLE PLUS !
TYI, ENCORE TOI ?...
DÉCIDÉMENT, TU NE COMPRENDS PAS VITE ! TU NE PEUX PAS ÊTRE ICI ! PARTONS !
ON NE POURRAIT PAS PLUTÔT FUIR PAR LÀ ?...
PFT !...
... TES COPINES DANSEUSES NE ME FERONT AUCUN MAL. J'AI MÊME L'IMPRESSION QU'AU CONTRAIRE ELLES...
TU ES VRAIMENT UN INCONSCIENT, TOI, HEIN !...
HI HI HI, C'EST CE QUI FAIT MON CHARME !
DIS-MOI...
... POURQUOI AS-TU PARLÉ DE PANTHÈRE NOIRE, LÀ, TOUT DE SUITE ?
BEN... COMME ÇA... JE NE SAIS PAS... UNE INTUITION !... POURQUOI ?
HUM... VIENS, IL FAUT QUE JE TE MONTRE QUELQUE CHOSE.
20

OÙ M'EMMÈNES-TU ? JE... JE N'AI PAS LE DROIT DE SORTIR DU TEMPLE.
ALORS ÇA, C'EST INCROYABLE, TOI TU NE PEUX PAS EN SORTIR ET MOI, JE NE PEUX PAS Y ENTRER !
... MAIS DANS QUEL PAYS VIVONS-NOUS ?
... ET PUIS, NE ME DIS PAS QUE TU N'ES JAMAIS SORTIE DE CE FUTUR TAS DE RUINES.
SI, MAIS J'ÉTAIS MIEUX ACCOMPAGNÉE.
HA LA LA...
... ÇA NE TE VAUT RIEN DE RESTER ENFERMÉE LÀ-DEDANS. TU DEVIENS AUSSI PESTE QUE LES AUTRES PUNAISES DANSANTES.
ON VA PRENDRE LA BARCASSE DE SOUMONEREPET !... IL NE S'EN APERCEVRA MÊME PAS !...
... IL DOIT ENCORE CUVER LES BIÈRES QU'IL A BUES JUSTE AVANT SA SIESTE !
UNE BARQUE ? MAIS POUR QUOI FAIRE ?
C'EST MIEUX POUR ALLER SUR L'AUTRE RIVE !
SUR... ?
SUR L'AUTRE RIVE ?!? MAIS C'EST LE PAYS DES MORTS !
PFFFT...
...LE PAYS DES MORTS...
... J'Y TRAVAILLE TOUS LES JOURS, MOI, AU PAYS DES MORTS !...
PLAF...
TU TRAVAILLES, TOI ?
AU MARTEAU ET AU BURIN.
ET CROIS-MOI...
... C'EST AUTRE CHOSE QUE DE LA DANSE.
... ET UN JOUR JE GAGNERAI SUFFISAMMENT POUR T'ÉPOUSER.
RÊVE !
21

VOILÀ, NOUS Y SOMMES ! C'EST LA TOMBE D'UN PRÊTRE SEM, LE VÉNÉRABLE HAPOUSNEB.
ELLE A ÉTÉ PROFANÉE IL Y A QUELQUES JOURS.
ELLE A MÊME ÉTÉ VANDALISÉE.
LES PILLARDS ONT TOUT CASSÉ À L'INTÉRIEUR. ILS CHERCHAIENT SANS DOUTE DES TRÉSORS QUE LE DIVIN...
...MAGICIEN N'A JAMAIS POSSÉDÉS.
BANDE DE CRÉTINS !
KLIK
ENFIN...
... POUR MON PATRON, ET MOI, C'EST UNE AUBAINE...
... ON DOIT TOUT REMETTRE EN ÉTAT. ET PUIS, CE MATIN, UNE SURPRISE NOUS ATTENDAIT.
DERRIÈRE UNE TENTURE DE BURE, IL Y AVAIT UN PASSAGE. ON L'A AGRANDI À COUPS DE MASSE.
BEUARK ! C'EST DÉGOÛTANT, ICI.

TYI, LES PLANCHES DE CE PASSAGE SONT COMPLÈTEMENT POURRIES.
... PUIS, AVEC LES COPAINS SCULPTEURS ON EST DESCENDUS PAR ICI. C'EST INCROYABLE TOUS CES ÉCHAFAUDAGES.
CE N'EST PAS PRUDENT ! RENTRONS ! RETOURNONS SUR L'AUTRE RIVE !
TCHIC TIC TIC
LA TOMBE DU MAGICIEN A ÉTÉ CONSTRUITE POUR BOUCHER L'ENTRÉE D'UN AUTRE CAVEAU.
C'EST LA PREMIÈRE FOIS QUE JE VOIS UN TRUC COMME ÇA.
WOUPS !...
... IL PARAÎT QUE LES CHATS RETOMBENT TOUJOURS SUR LEURS PATTES.

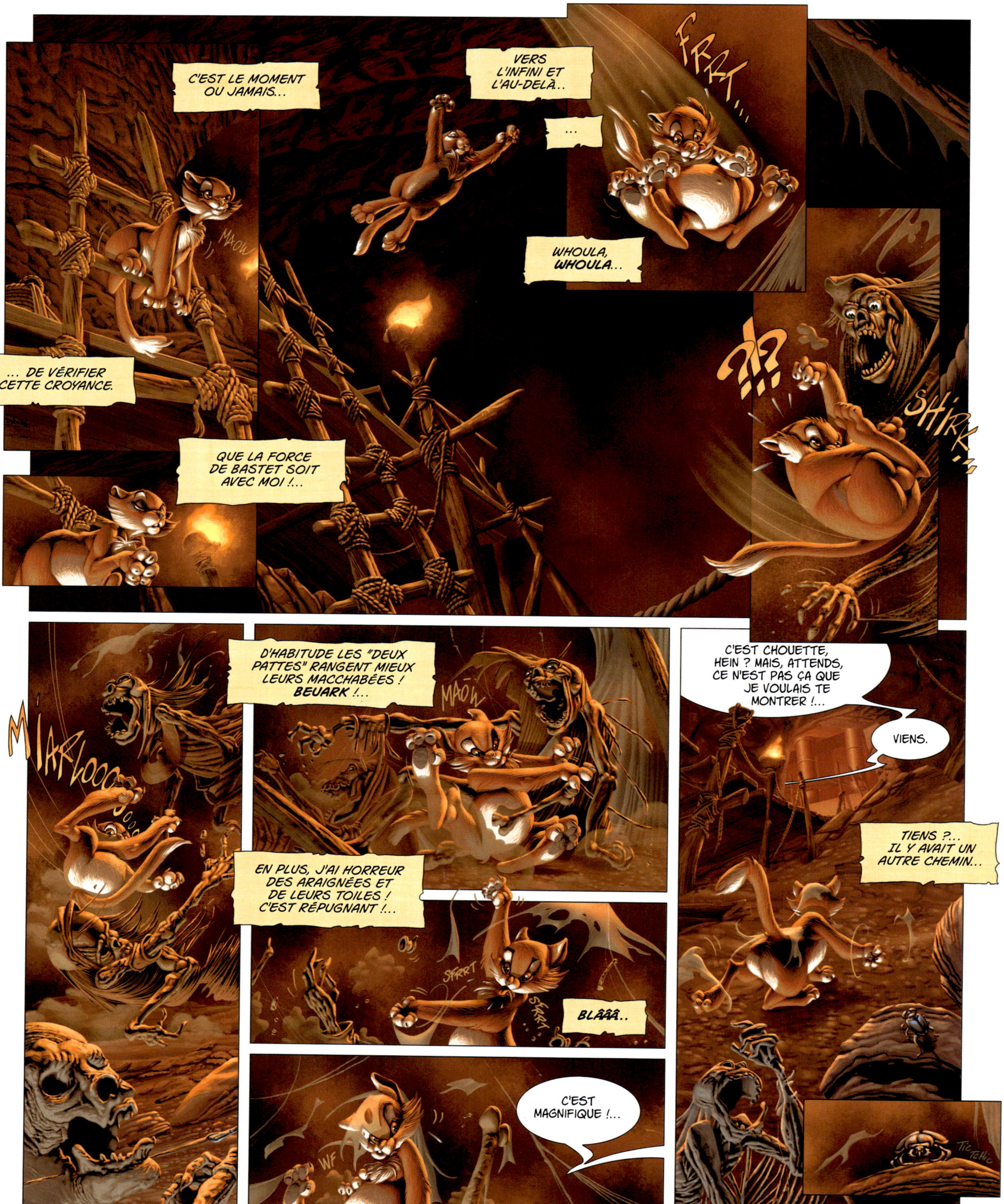
C'EST LE MOMENT OU JAMAIS...
... DE VÉRIFIER CETTE CROYANCE.
MAOW
QUE LA FORCE DE BASTET SOIT AVEC MOI !...
VERS L'INFINI ET L'AU-DELÀ...
...
FRRT...
WHOULA, WHOULA...
??!
SHIRK...
MIARLOOOOOO
D'HABITUDE LES "DEUX PATTES" RANGENT MIEUX LEURS MACCHABÉES ! BEUARK !...
MAOW
EN PLUS, J'AI HORREUR DES ARAIGNÉES ET DE LEURS TOILES ! C'EST RÉPUGNANT !...
SFRRT
SFRRT
BLÂÂÂ..
C'EST MAGNIFIQUE !...
C'EST CHOUETTE, HEIN ? MAIS, ATTENDS, CE N'EST PAS ÇA QUE JE VOULAIS TE MONTRER !...
VIENS.
TIENS ?... IL Y AVAIT UN AUTRE CHEMIN...
24

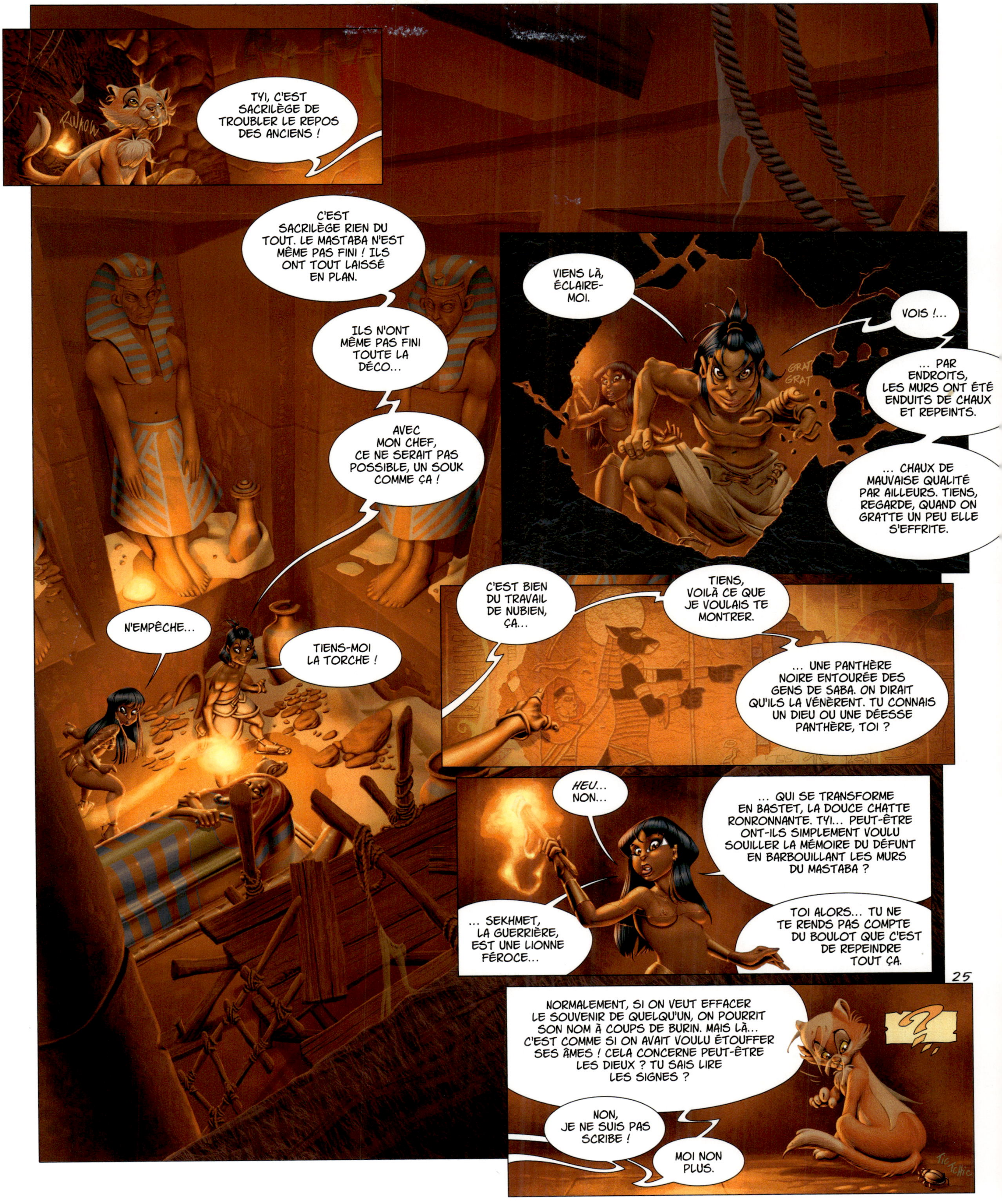
TYI, C'EST SACRILÈGE DE TROUBLER LE REPOS DES ANCIENS !
C'EST SACRILÈGE RIEN DU TOUT. LE MASTABA N'EST MÊME PAS FINI ! ILS ONT TOUT LAISSÉ EN PLAN.
ILS N'ONT MÊME PAS FINI TOUTE LA DÉCO...
AVEC MON CHEF, CE NE SERAIT PAS POSSIBLE, UN SOUK COMME ÇA !
N'EMPÊCHE...
TIENS-MOI LA TORCHE !
VIENS LÀ, ÉCLAIRE-MOI.
VOIS !...
GRAT GRAT
... PAR ENDROITS, LES MURS ONT ÉTÉ ENDUITS DE CHAUX ET REPEINTS.
... CHAUX DE MAUVAISE QUALITÉ PAR AILLEURS. TIENS, REGARDE, QUAND ON GRATTE UN PEU ELLE S'EFFRITE.
C'EST BIEN DU TRAVAIL DE NUBIEN, ÇA...
TIENS, VOILÀ CE QUE JE VOULAIS TE MONTRER.
... UNE PANTHÈRE NOIRE ENTOURÉE DES GENS DE SABA. ON DIRAIT QU'ILS LA VÉNÈRENT. TU CONNAIS UN DIEU OU UNE DÉESSE PANTHÈRE, TOI ?
HEU... NON...
... SEKHMET, LA GUERRIÈRE, EST UNE LIONNE FÉROCE...
... QUI SE TRANSFORME EN BASTET, LA DOUCE CHATTE RONRONNANTE. TYI... PEUT-ÊTRE ONT-ILS SIMPLEMENT VOULU SOUILLER LA MÉMOIRE DU DÉFUNT EN BARBOUILLANT LES MURS DU MASTABA ?
TOI ALORS... TU NE TE RENDS PAS COMPTE DU BOULOT QUE C'EST DE REPEINDRE TOUT ÇA.
25
NORMALEMENT, SI ON VEUT EFFACER LE SOUVENIR DE QUELQU'UN, ON POURRIT SON NOM À COUPS DE BURIN. MAIS LÀ... C'EST COMME SI ON AVAIT VOULU ÉTOUFFER SES ÂMES ! CELA CONCERNE PEUT-ÊTRE LES DIEUX ? TU SAIS LIRE LES SIGNES ?
NON, JE NE SUIS PAS SCRIBE !
MOI NON PLUS.

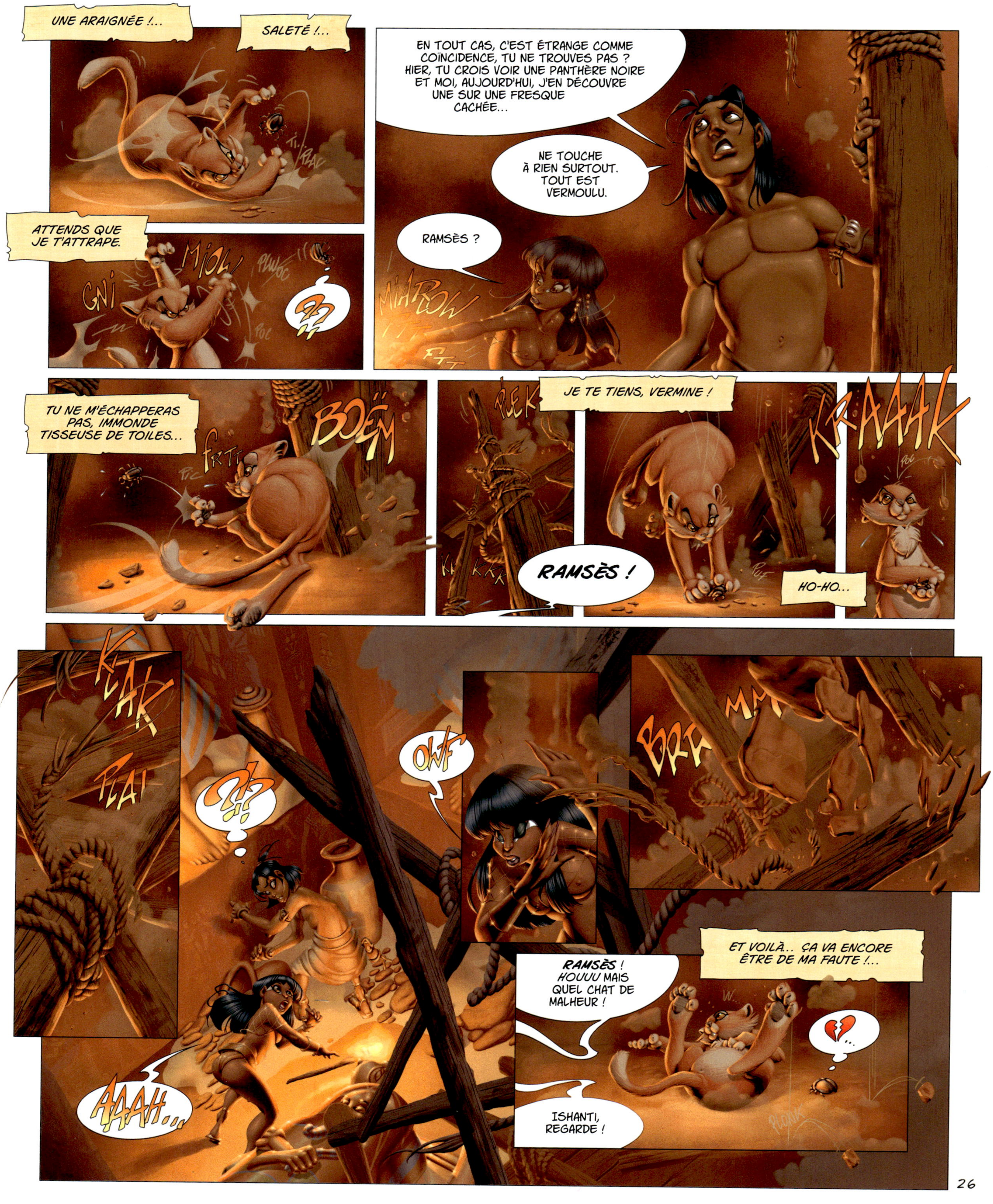
UNE ARAIGNÉE !...
SALETÉ !...
TI-PLAC
EN TOUT CAS, C'EST ÉTRANGE COMME COÏNCIDENCE, TU NE TROUVES PAS ? HIER, TU CROIS VOIR UNE PANTHÈRE NOIRE ET MOI, AUJOURD'HUI, J'EN DÉCOUVRE UNE SUR UNE FRESQUE CACHÉE...
NE TOUCHE À RIEN SURTOUT. TOUT EST VERMOULU.
ATTENDS QUE JE T'ATTRAPE.
MIOU
GNI
RAMSÈS ?
MIAROW
TU NE M'ÉCHAPPERAS PAS, IMMONDE TISSEUSE DE TOILES...
BOËM
FRTT
PEK
JE TE TIENS, VERMINE !
KRAAAK
RAMSÈS !
HO-HO...
KLAK
PLAI
OWF
BRAMM
AAAH...
ET VOILÀ.. ÇA VA ENCORE ÊTRE DE MA FAUTE !...
RAMSÈS ! HOUUU MAIS QUEL CHAT DE MALHEUR !
ISHANTI, REGARDE !
26

LES DESSINS ONT L'AIR TRÈS ANCIENS, ON DIRAIT QU'ILS BOUGENT. PAR MOMENTS ILS SONT TROUBLES.
ON NE COMPREND TOUJOURS PAS PLUS CES SIGNES...
... MAIS AVEC LES IMAGES ON PEUT LIRE L'HISTOIRE. *HI HI HI*... REGARDE, ÇA POURRAIT ÊTRE LA TIENNE !...
... LA DÉESSE PANTHÈRE ET DES DANSEUSES QUI SE TRÉMOUSSENT DEVANT PHARAON. *HI HI HI*... VOIS...
CELLE-CI TE RESSEMBLE !
TOUT CONCORDE ...
SAUF CET ÉTRANGE PERSONNAGE BLEU !...
UN DIEU, PEUT-ÊTRE ?
NON, LES DIEUX ET PHARAON ONT LE CERCLE DE RÊ QUI LEUR PROTÈGE LA TÊTE.
CE DOIT ÊTRE UNE SORTE DE PRINC... *HA !*
IL NE FAUT PAS RESTER ICI ! CET ENDROIT EST MAUDIT !

27

CETTE CRYPTE A ÉTÉ BÂTIE PAR LES PRÊTRES DU CULTE DE SHAÏ ET PEINTE PAR SES DÉMONS. IL NE FAUT PAS RESTER ICI !
MOUN ?!?
VENEZ, QUITTONS CES LIEUX.
MOUN … TU NOUS AS FAIT UNE DE CES PEURS…
ÇA ALORS … IL Y AVAIT UNE AUTRE ENTRÉE …
SUIVEZ-MOI. IL FAUT PARTIR !
HÉ MOUN, TOI QUI CONNAIS LA LANGUE DES SIGNES… DIS-NOUS CE QU'IL Y A D'ÉCRIT SUR LES MURS…
SEULS LES GRANDS INITIÉS ONT LE DROIT DE LIRE LES TEXTES DES CRYPTES. EN PLUS, CEUX-CI SONT DANGEREUX !…
CES MURS SONT MAUDITS !
… ILS CHANGENT EN FONCTION DE CELUI OU CEUX QUI LES REGARDENT ! ILS SONT VIVANTS !
LES PEINTURES MONTRENT LA VIE DE CELUI QUI LES OBSERVE. SON PASSÉ, SON PRÉSENT…
… SON AVENIR !
ET IL N'EST PAS BON DE CONNAÎTRE SON FUTUR.
C'EST DOMMAGE, J'AIMERAIS BIEN, MOI, SAVOIR SI ISHANTI M'ÉPOUSERA, ET SI…
MOUN … COMMENT SE FAIT-IL QUE TU CONNAISSES TOUTES CES CHOSES ?
JE NE SUIS PAS QUE LE GARDIEN DES DANSEUSES SACRÉES.
JE SUIS AUSSI LE SERVITEUR DES PRÊTRES.
LE TEMPLE D'ISIS RECÈLE BIEN DES MYSTÈRES, ET CETTE CRYPTE EN FAIT PARTIE !
?!?
RWWAA
28

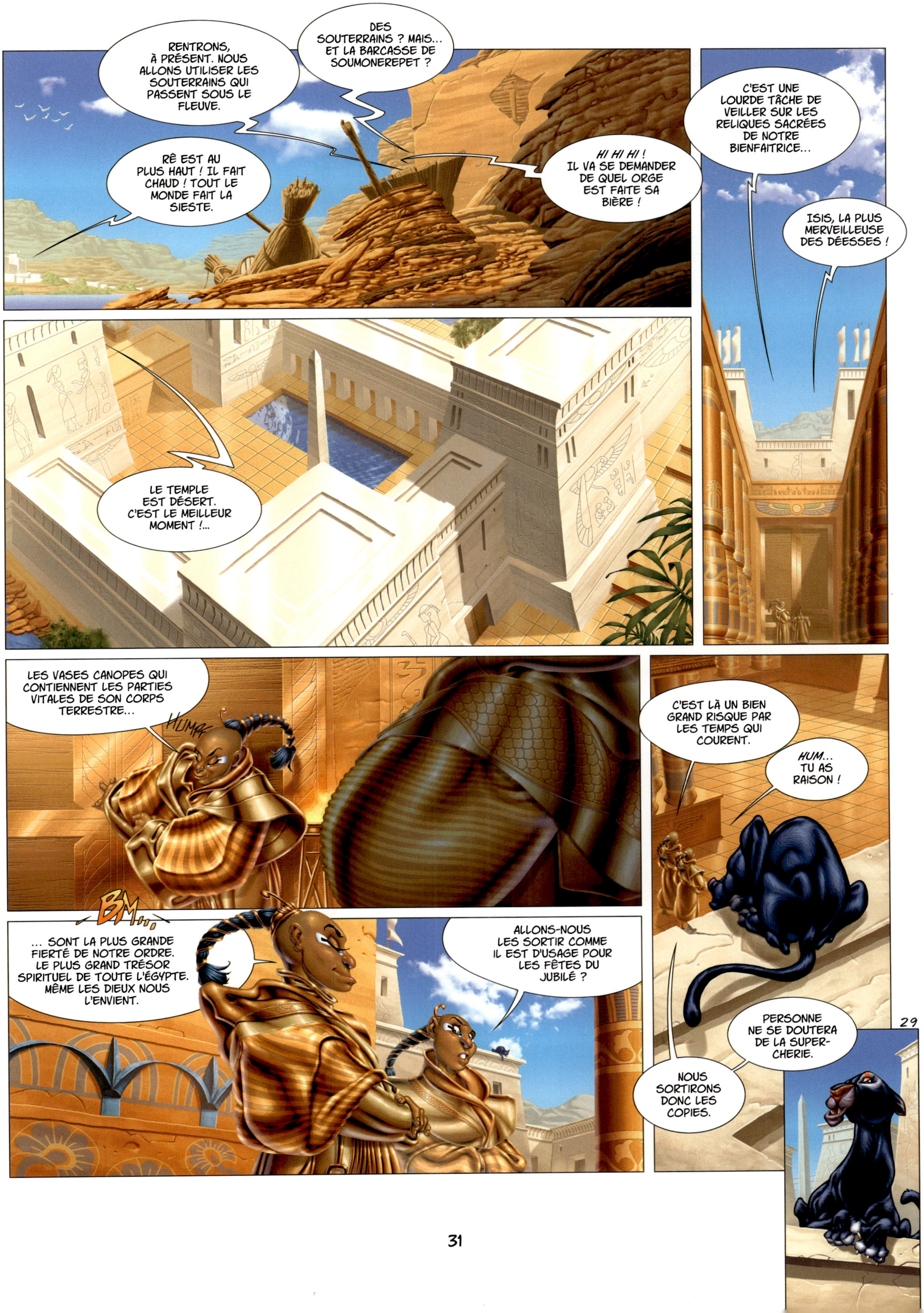

RENTRONS, À PRÉSENT. NOUS ALLONS UTILISER LES SOUTERRAINS QUI PASSENT SOUS LE FLEUVE.
DES SOUTERRAINS ? MAIS... ET LA BARCASSE DE SOUMONEREPET ?
RÊ EST AU PLUS HAUT ! IL FAIT CHAUD ! TOUT LE MONDE FAIT LA SIESTE.
HI HI HI ! IL VA SE DEMANDER DE QUEL ORGE EST FAITE SA BIÈRE !
C'EST UNE LOURDE TÂCHE DE VEILLER SUR LES RELIQUES SACRÉES DE NOTRE BIENFAITRICE...
ISIS, LA PLUS MERVEILLEUSE DES DÉESSES !
LE TEMPLE EST DÉSERT. C'EST LE MEILLEUR MOMENT !...
LES VASES CANOPES QUI CONTIENNENT LES PARTIES VITALES DE SON CORPS TERRESTRE...
HUMF
BM...
... SONT LA PLUS GRANDE FIERTÉ DE NOTRE ORDRE. LE PLUS GRAND TRÉSOR SPIRITUEL DE TOUTE L'ÉGYPTE. MÊME LES DIEUX NOUS L'ENVIENT.
ALLONS-NOUS LES SORTIR COMME IL EST D'USAGE POUR LES FÊTES DU JUBILÉ ?
C'EST LÀ UN BIEN GRAND RISQUE PAR LES TEMPS QUI COURENT.
HUM... TU AS RAISON !
PERSONNE NE SE DOUTERA DE LA SUPERCHERIE.
NOUS SORTIRONS DONC LES COPIES.
29

RW...
IL Y A TROP D'ONDES NÉGATIVES QUI PARCOURENT LES MURS DE NOTRE CITÉ POUR EXHIBER AUX YEUX DE TOUS LES VASES SACRÉS !
TU VEUX PARLER DE NOS INVITÉS DU ROYAUME DE SABA ?
HUM... PAS UNIQUEMENT. ILS SONT INQUIÉTANTS, CERTES... MAIS...
... LES GRANDS PRÊTRES SEM REDOUTENT UN DANGER PLUS GRAND.
... IL SEMBLERAIT QUE LES DIEUX EUX-MÊMES S'AGITENT ! LE POUVOIR DE RÊ VACILLE ! LES CRUES DU FLEUVE NE SONT PLUS CE QU'ELLES ÉTAIENT ...
LES HOMMES SE METTENT À VÉNÉRER D'AUTRES DIEUX.
CELA LES RENFORCE...
ET RÊ S'EN TROUVE FRAGILISÉ.
... C'EST POURQUOI LES VASES DOIVENT RESTER CACHÉS !...
RRR
RW
BMP
CAR ILS SONT UNE ARME REDOUTABLE...
... POUR QUI LES POSSÈDE !
30

EST-CE PRUDENT, DÈS LORS, DE LES LAISSER SANS PROTECTION ?
À L'ENDROIT OÙ ILS SE TROUVENT, NUL HUMAIN NE PEUT ACCÉDER.
... À MOINS QU'IL SOIT DOTÉ D'UNE FORCE...
... ET D'UNE SOUPLESSE PRESQUE ANIMALES !
DE PLUS, SEULS LES INITIÉS CONNAISSENT LE CHEMIN MENANT À LA GRANDE SALLE DE L'ARCHE.
MÊME LES DIEUX SE PERDRAIENT DANS CE DÉDALE DE COLONNES.
SKIIIIIK...
PMB
CROIS-MOI, SEMENMOUT, LES VASES SONT EN SÉCURITÉ !
RW...
RR
31

32

*MAFDET = DÉESSE PANTHÈRE

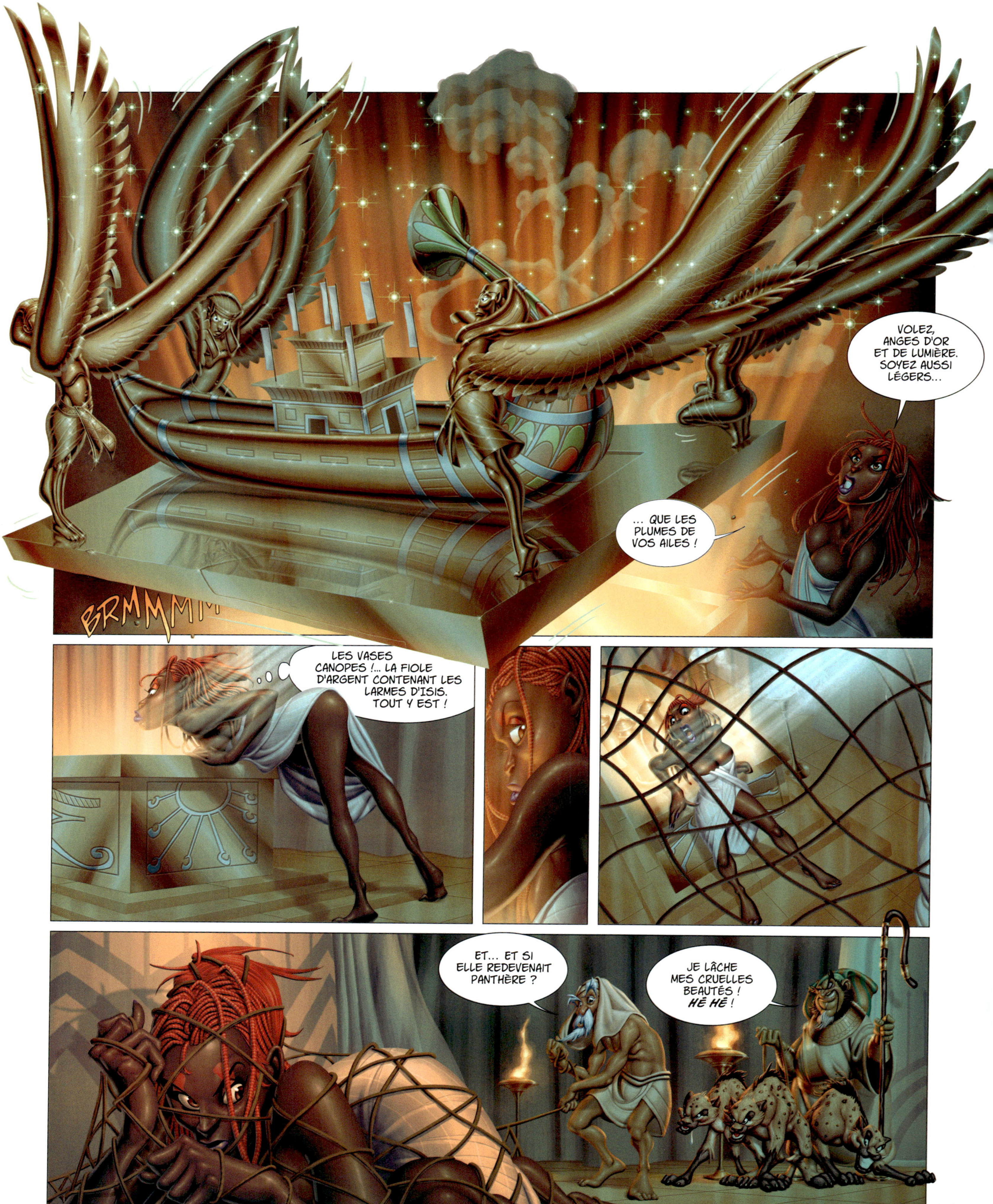
VOLEZ, ANGES D'OR ET DE LUMIÈRE. SOYEZ AUSSI LÉGERS...
... QUE LES PLUMES DE VOS AILES !
BRMMMM
LES VASES CANOPES !... LA FIOLE D'ARGENT CONTENANT LES LARMES D'ISIS. TOUT Y EST !
ET... ET SI ELLE REDEVENAIT PANTHÈRE ?
JE LÂCHE MES CRUELLES BEAUTÉS ! **HÉ HÉ** !

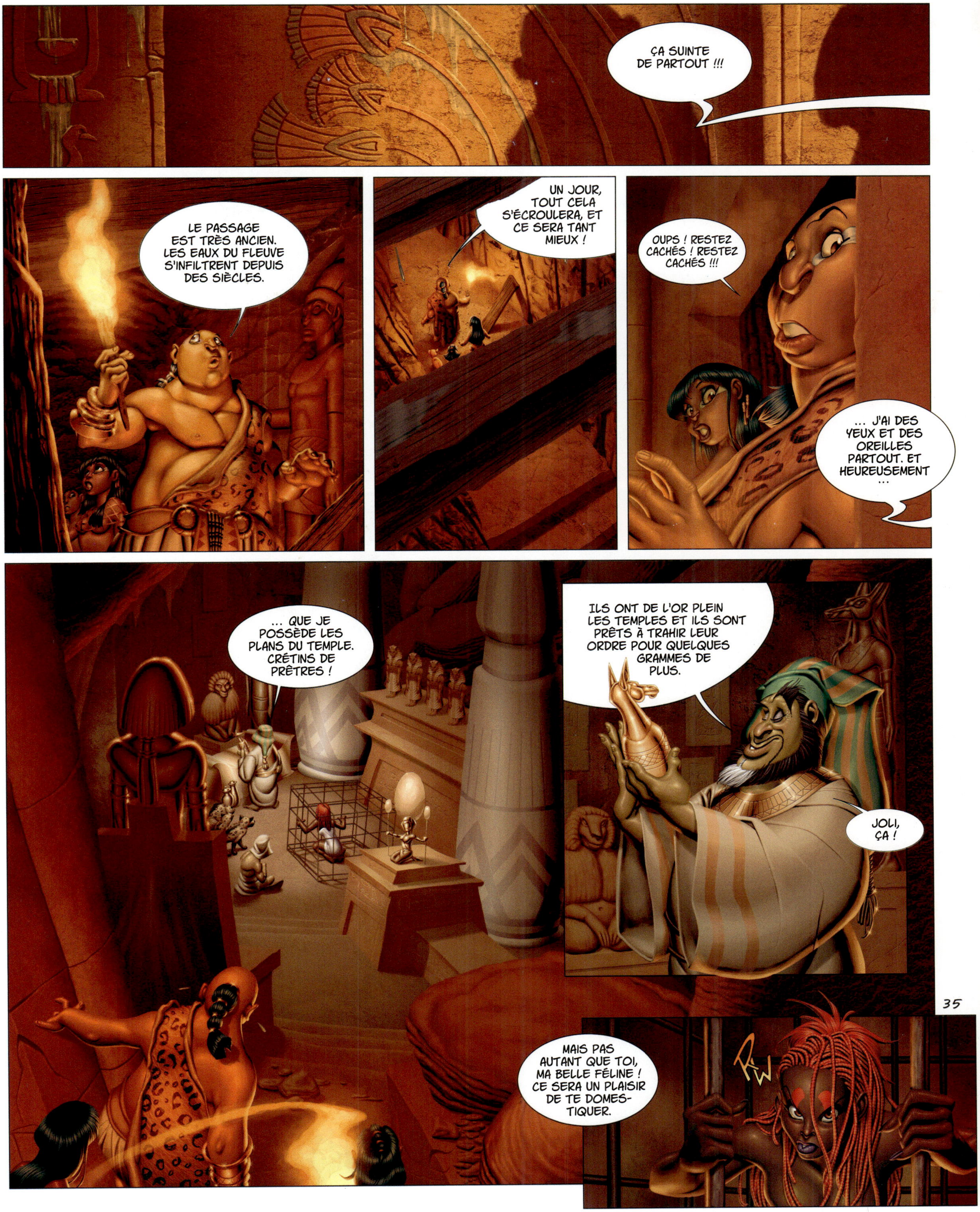
ÇA SUINTE DE PARTOUT !!!
LE PASSAGE EST TRÈS ANCIEN. LES EAUX DU FLEUVE S'INFILTRENT DEPUIS DES SIÈCLES.
UN JOUR, TOUT CELA S'ÉCROULERA, ET CE SERA TANT MIEUX !
OUPS ! RESTEZ CACHÉS ! RESTEZ CACHÉS !!!
... J'AI DES YEUX ET DES OREILLES PARTOUT. ET HEUREUSEMENT ...
... QUE JE POSSÈDE LES PLANS DU TEMPLE. CRÉTINS DE PRÊTRES !
ILS ONT DE L'OR PLEIN LES TEMPLES ET ILS SONT PRÊTS À TRAHIR LEUR ORDRE POUR QUELQUES GRAMMES DE PLUS.
JOLI, ÇA !
35
MAIS PAS AUTANT QUE TOI, MA BELLE FÉLINE ! CE SERA UN PLAISIR DE TE DOMESTIQUER.
RW

JE FERAI DE TOI MA FAVORITE ! UNE GRANDE PRÊTRESSE DE MAFDET COMME CONCUBINE... WAOW !
OU ALORS MES CHÉRIES TACHETÉES TE FERONT...
WOOF
L'AUTO-SATISFACTION DE CE VIZIR LESSIVÉ M'ÉTONNERA TOUJOURS.
JE VOIS QUE TU AS RÉCUPÉRÉ CE QU'ON T'AVAIT DEMANDÉ. C'EST BIEN.
MAIS CELA NE T'AUTORISE PAS À TE PAVANER DE LA SORTE ! SURTOUT DEVANT UNE DAME.
RAMSÈS...
L'ENVOYÉE DE MAFDET MÉRITE TOUS LES ÉGARDS, N'EST-CE PAS, TRÈS CHÈRE ?
J'ESPÈRE QUE TU N'AS PAS TENTÉ DE MANIPULER LES VASES CANOPES...
TES DOIGTS BOUDINÉS SONT INDIGNES DE TOUCHER LES VISCÈRES DU CORPS MORTEL DE L'UNE DES NÔTRES.
JE NE ME SERAIS PAS PERMIS.
NOBLE ANUBIS.
ARRÊTE DE LUI METTRE LES BOULES, ANUBIS. JE VAIS FAIRE L'INVENTAIRE.
SALUT LES FILLES !...
RW...
PUFF
COUCHÉ, TOI !
ALLEZ ZOU ! UNE CRUCHE À COUVERCLE POUR LES ROGNONS !...
... UNE AUTRE POUR LES BOYAUX DE LA TÊTE !... CELLE-CI POUR LE PALPITANT...
IL MANQUE...
... IL MANQUE...
... LA LACRIMA !
LE TRUC OÙ LA DÉESSE ISIS COLLECTAIT SES LARMES.
UNE LACRIMA, QUOI !
36

OÙ EST-ELLE ?
TU CROYAIS POUVOIR NOUS DOUBLER, HEIN ? OÙ EST-ELLE ?
ÇA SE GÂTE ! NE RESTONS PAS ICI.
COUCOU PETITS HUMAINS ! LA BALADE EST FINIE !
CE N'EST PAS BIEN D'ÉCOUTER AUX CRYPTES !
ÇA PAR EXEMPLE ! IPET NOUS FAIT L'HONNEUR D'UNE VISITE.
AOW
QUEL BON VENT T'AMÈNE, MA DOUCE AIGRETTE... MA GRACIEUSE GAZELLE ?...
OOOOH... QUEL FLATTEUR TU FAIS. TIENS, JE T'AMÈNE UNE PETITE COLLATION... LA GAMINE DOIT ÊTRE TENDRE !...
SALUT LES COPAINS ! HERF ! PUIS-JE ME JOINDRE À VOTRE PETITE SAUTERIE ? NIAR...NK...
POËF
SOBEK !?!
PWOAR... POUR VOUS SERVOAR... SERVIR. HERF.
SOBEK, MAUDIT SAC À ÉCAILLES !... QUE FAIS-TU EN CES LIEUX ?
C'TE QUESTION !?! LA MÊME CHOSE QUE VOUS, PETITS CACHOTTIERS !
37

LA PETITE LACRIMA PLEINE DES LARMES DE NOTRE BONNE VIEILLE ISIS QUI RENDENT INVINCIBLE !
MAIS QUI AVONS-NOUS LÀ ? HRF
SALUT MA BELLE !
ARF ERF MAFDET NOUS ENVOIE L'UNE DE SES PLUS BELLES PANTHÈRES. ARF
KLANG KLANG
RRRR
ALORS, MES DIVINS AMIS. OÙ SE TROUVE CETTE FRAGILE PETITE FIOLE AUX VERTUS INCOMMENSURABLES ?
RÉPONDEZ, OU VOUS TÂTEREZ DE MON BÂTON !
TSAIN
NOUS SOMMES TOUS ICI, DANS LA CRYPTE DES GRANDS ANCIENS, ET NUL NE SAURAIT OÙ SE TROUVE LA LACRIMA ?!?
TU CROIS NOUS IMPRESSIONNER AVEC QUELQUES LUMIÈRES BLEUES ?
TSAING
NOUS N'EN SAVONS RIEN !
BALIVERNES ! À D'AUTRES !
YALAA...
FFT
PUFF
QU'EST-CE QUE J'AI FAIT ? MAIS QU'EST-CE QUE J'AI FAIT ?
OOUPS !...
LÀ... JE L'AI FAIT !
BLAING
WRFFF...
RWW
RFF
RRZZ
38
MAIS C'EST LA CRYPTE DES PÉNIBLES, ICI ! C'EST QUOI, CES HORREURS ?...

MIAARLOWWW...
FTT
FTT
HEU ?...
FTT... T...
MWARW
FRRT
FRRT
J'Y CROIS PAS !...
RWO...
KAÏKAÏIA
WRAOU
MIIAARW
FTT
JE LEUR FAIS PEUR ! LES CHOCHOTTES...
VITE !
MOUN !...
... LE SCEPTRE !
BLAANG
... LA CAGE !...
IL FAUT DÉLIVRER DAME OFRA.
QU'EST-CE Q...
?!?
KLANG TABLANG
RRCHTTTTT...
NE VOUS MÊLEZ PAS DE ÇA, MAUDITS MORTELS, OU IL VOUS EN CUIRA !
VITE !!!
PLANK
HUMPF
ROAAAR
D... DAME OFRA ?
RWWWW...
39

TU N'ES PAS DE TAILLE, DANSEUSE ! MAFDET VOUS A APPRIS L'ART DE LA MÉTAMORPHOSE, PAS CELUI DE LA RÉFLEXION !
RRWAOOARRR...
OUUII...
VIENS, MA TOUTE BELLE, VIENS DANSER AVEC TONTON ANUBIS !
RAWOARR
SUFFIT, MAINTENANT ! TU ME LASSES !
PRIE TA DÉESSE, DANSEUSE. TU VAS BIENTÔT LA REJOINDRE.
REMETS-LUI LE BONJOUR D'ANUBIS.
KLANG
ÇA PAR EXEMPLE ... AZUL EL FAYUM, CHEF DES GARDIENS DU PAYS DES MORTS ET LE PLUS GRAND VOLEUR DE LA MER DES DUNES !...
MAIS QUI NE RENCONTRONS-NOUS PAS ICI ? PFFFT !
TAK-TCHAK
MÊME DES CHIENS DU DÉSERT.
40

ÇA FAIT UN MOMENT QUE TOI ET LES TIENS M'ÉNERVEZ À MAINTENIR L'HARMONIE DES CHOSES !
TOUJOURS CACHÉS MAIS TOUJOURS PRÉSENTS, DEPUIS LA NUIT DES TEMPS.
TCHOU
TCHOU
TCHOU
TCHOU
TCHOU
J'AI LA BERLUE OU IL A LA LACRIMA AUTOUR DU COU ?!?
IL A RAISON, C'EST TRÈS JOLI MONTÉ EN PENDENTIF.
PLAC
...LK
...K
PAÏNG
PKT
NIARF... DONNE-MOI LA LACRIMA ET IL NE TE SERA FAIT AUCUN MAL.
ENFIN, PAS TROP... ON PEUT MÊME LAISSER PARTIR TES AMIS TRANQUILLOU...
... REMARQUE, ON PEUT AUSSI TOUS VOUS MASSACRER JOYEUSEMENT. HERF HERF GNIARK !
WAK
ZZWW
BOM
BRM
RWOK
BRRRRRM
ROC

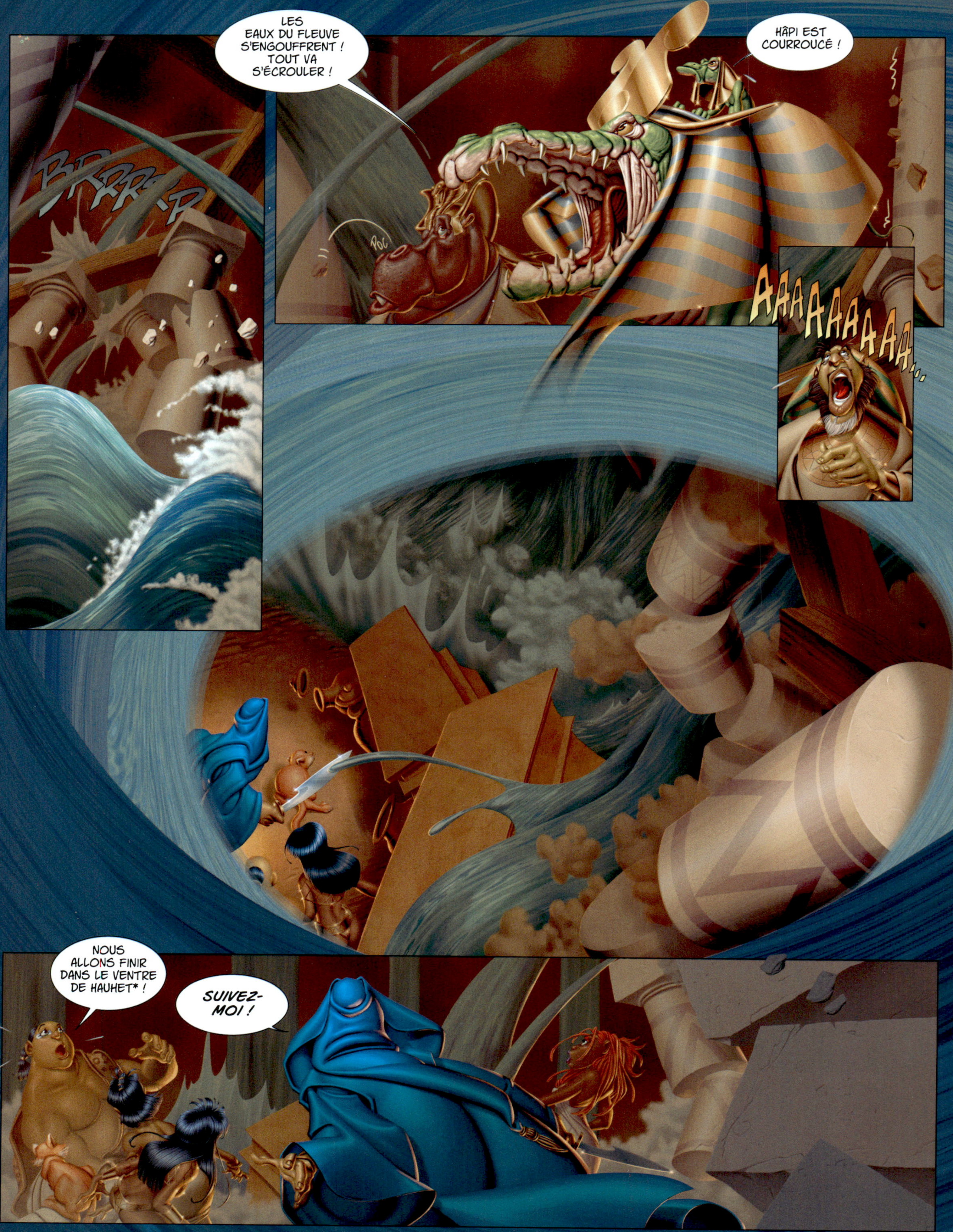

* HAUHET = DÉESSE DES INONDATIONS

J'AIME L'EAU, MAIS LÀ, C'EST UN PEU TROP TUMULTUEUX POUR MES VIEILLES ÉCAILLES...
TU DIS VRAI ! NOS POUVOIRS SONT QUELQUE PEU LIMITÉS PAR GROS TEMPS.
UNE RETRAITE DISCRÈTE S'IMPOSE... D'AILLEURS HORUS A DÉJÀ QUITTÉ LES LIEUX.
ON SE RETROUVERA, PUNAISES DES SABLES !
JE RÉCUPÉRERAI LA LACRIMA ET MA VENGEANCE SERA TERRIBLE !
COUREZ ! NE VOUS RETOURNEZ PAS !
BLMMM
BROFF...

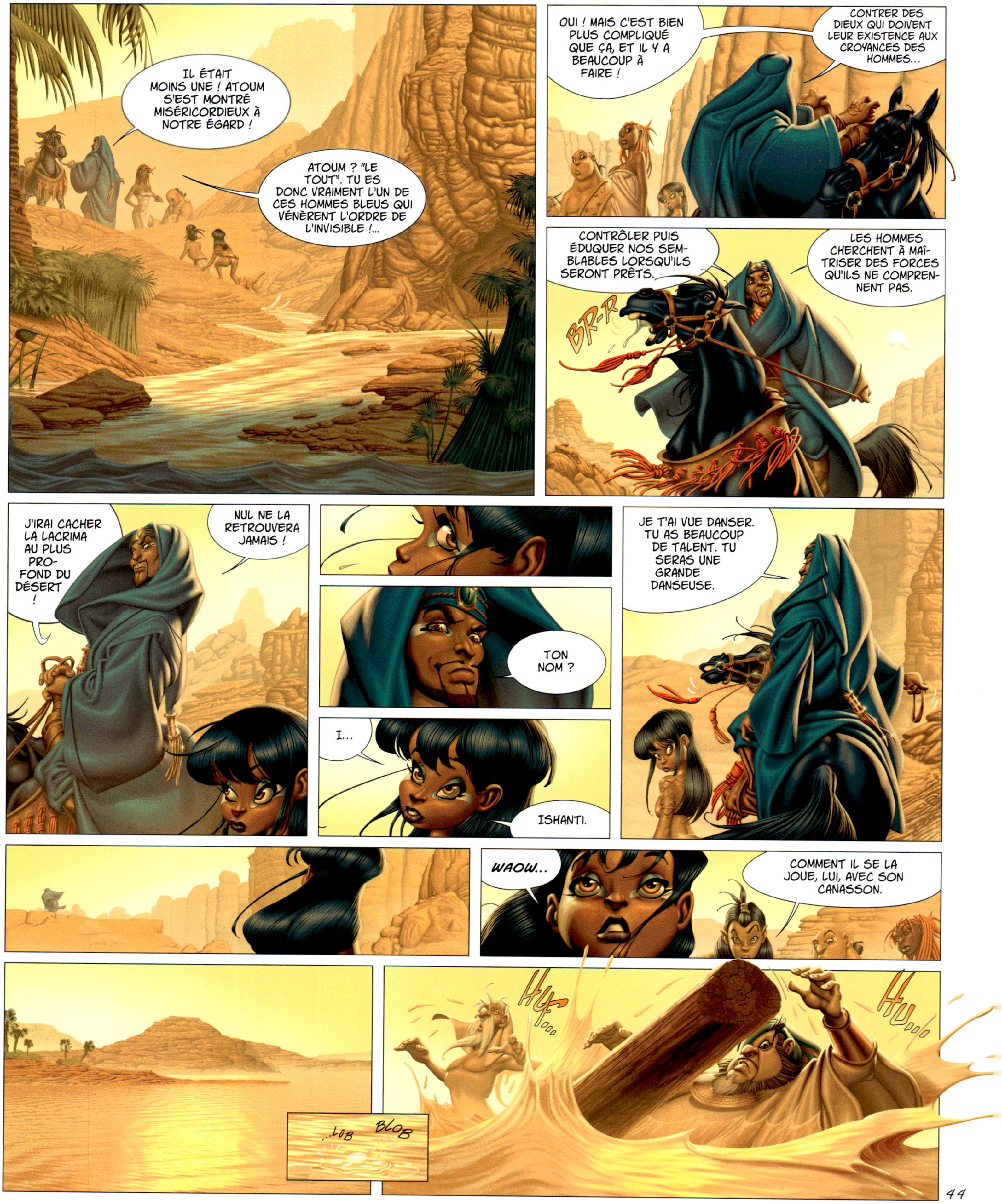

IL ÉTAIT MOINS UNE ! ATOUM S'EST MONTRÉ MISÉRICORDIEUX À NOTRE ÉGARD !
ATOUM ? "LE TOUT". TU ES DONC VRAIMENT L'UN DE CES HOMMES BLEUS QUI VÉNÈRENT L'ORDRE DE L'INVISIBLE !...
CONTRER DES DIEUX QUI DOIVENT LEUR EXISTENCE AUX CROYANCES DES HOMMES...
OUI ! MAIS C'EST BIEN PLUS COMPLIQUÉ QUE ÇA, ET IL Y A BEAUCOUP À FAIRE !
LES HOMMES CHERCHENT À MAÎTRISER DES FORCES QU'ILS NE COMPRENNENT PAS.
CONTRÔLER PUIS ÉDUQUER NOS SEMBLABLES LORSQU'ILS SERONT PRÊTS.
BR-R
J'IRAI CACHER LA LACRIMA AU PLUS PROFOND DU DÉSERT !
NUL NE LA RETROUVERA JAMAIS !
TON NOM ?
I...
ISHANTI.
JE T'AI VUE DANSER. TU AS BEAUCOUP DE TALENT. TU SERAS UNE GRANDE DANSEUSE.
WAOW...
COMMENT IL SE LA JOUE, LUI, AVEC SON CANASSON.
...LOB
BLOB
HUF...
HU...
44

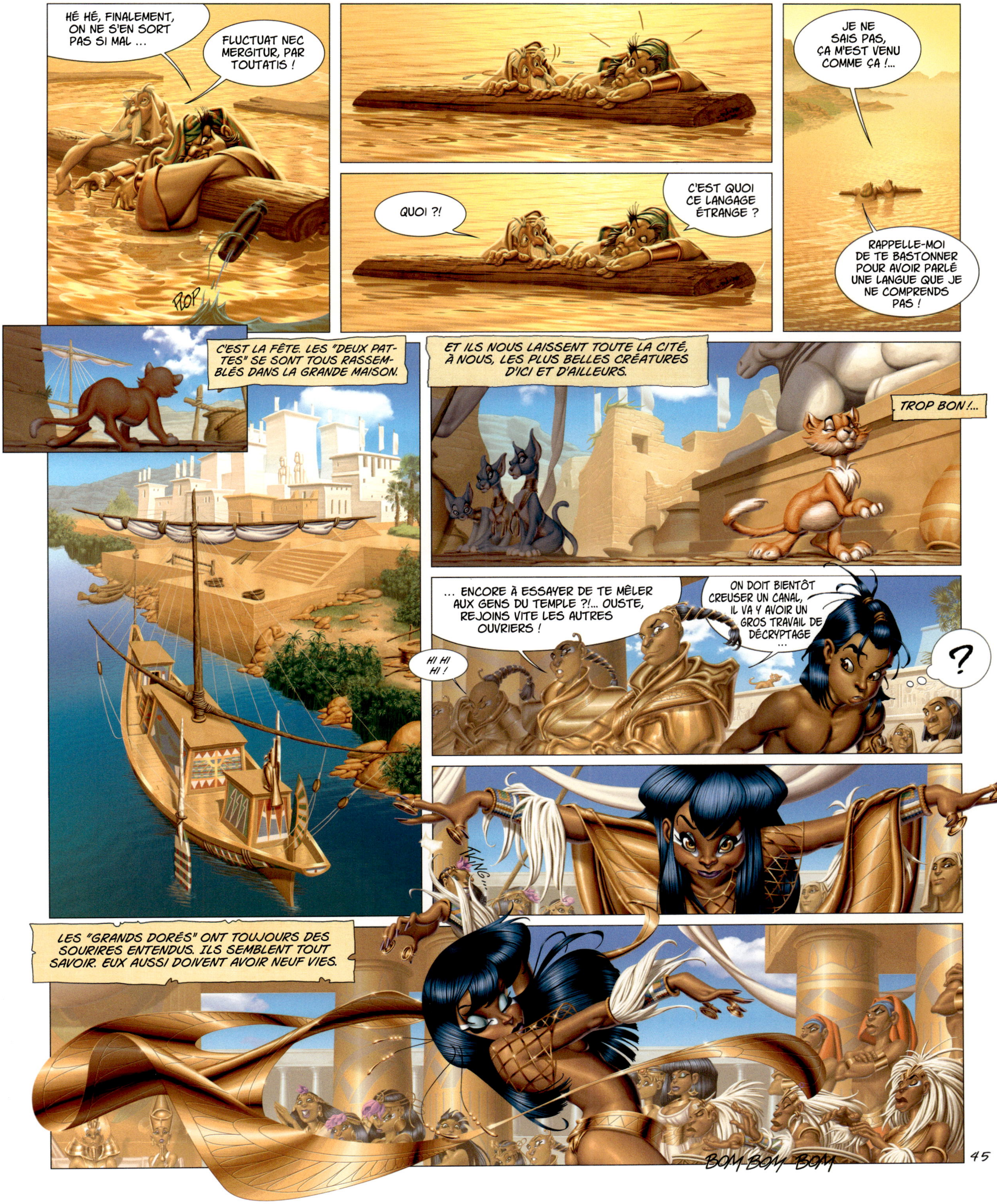
HÉ HÉ, FINALEMENT, ON NE S'EN SORT PAS SI MAL ...
FLUCTUAT NEC MERGITUR, PAR TOUTATIS !
PLOP
QUOI ?!
C'EST QUOI CE LANGAGE ÉTRANGE ?
JE NE SAIS PAS, ÇA M'EST VENU COMME ÇA !...
RAPPELLE-MOI DE TE BASTONNER POUR AVOIR PARLÉ UNE LANGUE QUE JE NE COMPRENDS PAS !
C'EST LA FÊTE. LES "DEUX PATTES" SE SONT TOUS RASSEMBLÉS DANS LA GRANDE MAISON.
ET ILS NOUS LAISSENT TOUTE LA CITÉ, À NOUS, LES PLUS BELLES CRÉATURES D'ICI ET D'AILLEURS.
TROP BON !...
... ENCORE À ESSAYER DE TE MÊLER AUX GENS DU TEMPLE ?!... OUSTE, REJOINS VITE LES AUTRES OUVRIERS !
HI HI HI !
ON DOIT BIENTÔT CREUSER UN CANAL, IL VA Y AVOIR UN GROS TRAVAIL DE DÉCRYPTAGE ...
?
LES "GRANDS DORÉS" ONT TOUJOURS DES SOURIRES ENTENDUS. ILS SEMBLENT TOUT SAVOIR. EUX AUSSI DOIVENT AVOIR NEUF VIES.
BOM BOM BOM
45

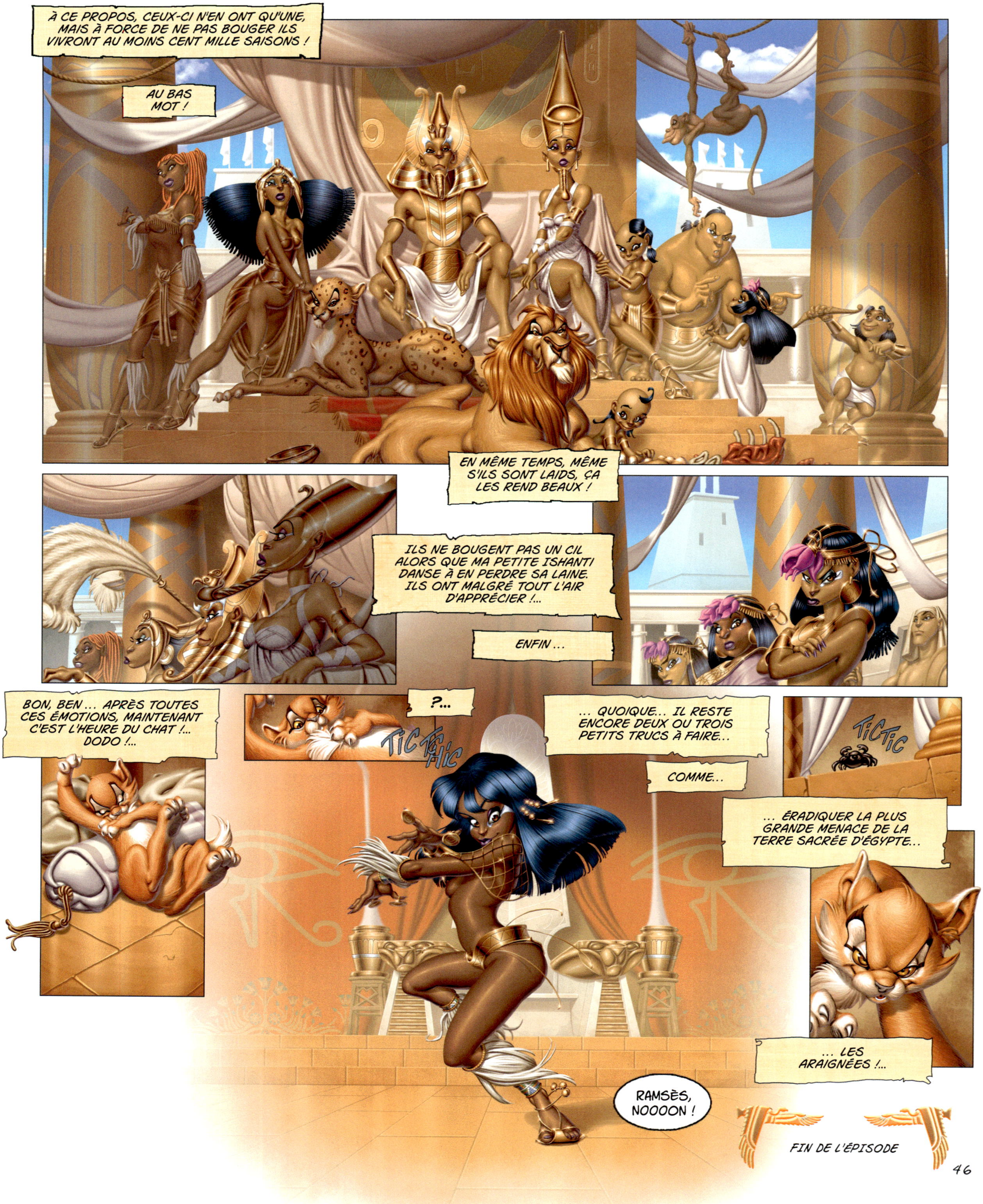
À CE PROPOS, CEUX-CI N'EN ONT QU'UNE, MAIS À FORCE DE NE PAS BOUGER ILS VIVRONT AU MOINS CENT MILLE SAISONS !
AU BAS MOT !
EN MÊME TEMPS, MÊME S'ILS SONT LAIDS, ÇA LES REND BEAUX !
ILS NE BOUGENT PAS UN CIL ALORS QUE MA PETITE ISHANTI DANSE À EN PERDRE SA LAINE. ILS ONT MALGRÉ TOUT L'AIR D'APPRÉCIER !...
ENFIN...
BON, BEN... APRÈS TOUTES CES ÉMOTIONS, MAINTENANT C'EST L'HEURE DU CHAT !... DODO !...
?...
TIC TIC TIC
... QUOIQUE... IL RESTE ENCORE DEUX OU TROIS PETITS TRUCS À FAIRE...
COMME...
TIC TIC
... ÉRADIQUER LA PLUS GRANDE MENACE DE LA TERRE SACRÉE D'ÉGYPTE...
... LES ARAIGNÉES !...
RAMSÈS, NOOOON !
FIN DE L'ÉPISODE

ISHANTI

DANSEUSE SACRÉE